CONQUISTAR EL AMOR

JOAN HOHL

Editado por HARLEQUIN IBÉRICA, S.A.
Núñez de Balboa, 56
28001 Madrid

Conquistar el amor, n.º 1960 - 22.1.14
Título original: The Dakota Man
Publicada originalmente por Silhouette® Books
Este título fue publicado originalmente en español en 2001

I.S.B.N.: 978-84-687-3967-0
Depósito legal: M-30266-2013
Editor responsable: Luis Pugni
Fotomecánica: M.T. Color & Diseño, S.L. Las Rozas (Madrid)
Impresión en Black print CPI (Barcelona)
Fecha impresion para Argentina: 21.7.14
Distribuidor exclusivo para España: LOGISTA
Distribuidor para México: CODIPLYRSA
Distribuidores para Argentina: interior, BERTRAN, S.A.C. Vélez Sársfield, 1950. Cap. Fed./ Buenos Aires y Gran Buenos Aires, VACCARO SÁNCHEZ y Cía, S.A.

Capítulo Uno

Frunció el ceño, apretó la mandíbula, y sus labios se cerraron con furia formando una línea recta. Mitch Grainger se sentó frente a su escritorio y se quedó mirando el objeto que se balanceaba en la palma de su mano. Solo pudo fruncir el ceño ante el fulgurante brillo del anillo de compromiso de diamantes rosas, rodeados de pequeños rubíes.

Hacía menos de una hora que Mitch había recogido el anillo del suelo, cerca de su escritorio. El anillo había llegado allí tras golpearle el pecho cuando Natalie Crane, la mujer bella y normalmente fría y calculadora que había sido su prometida hasta hacía pocos instantes, se lo había arrojado en un ataque de furia irracional.

Las piedras preciosas brillaron al recibir el impacto de los rayos del sol de la tarde. Mitch emitió un suave sonido que fue en parte un gruñido, en parte una risa cortante.

Mujeres. ¿Llegaría alguna vez a entenderlas? ¿Las había llegado a entender algún hombre alguna vez? Mitch apretó en sus dedos la alhaja, ¿le importaba ya algo todo aquello?

Desde luego, no por Natalie Crane, pensó, respondiendo a sus propias preguntas. Sin haberle concedido la oportunidad de explicar qué estaba pasando se había imaginado lo peor, y con frialdad lo había acusado de engañarla, le había dicho que su compromiso estaba roto y le había tirado el anillo.

Afortunadamente Mitch no se había engañado a sí mismo creyendo que la amaba, ni estaba enamorado de ella, ni nunca lo había estado. Simplemente había decidido que a los treinta y cinco años ya era hora de buscar esposa. Natalie le había parecido la persona adecuada para ocupar el puesto, siendo como era miembro de una de las familias más ricas y prestigiosas de la región de Deadwood, en Dakota del Sur.

Pero Natalie, gracias a sus precipitadas acusaciones, acababa de pasar a la historia. Había cuestionado su honor, y él no le perdonaba a nadie eso. El honor, su propio honor, era uno de los valores que Mitch consideraba como absolutos. Él había creído que Natalie sabía lo mucho que él valoraba el sentido del honor. Pero aparentemente se había equivocado, si no fuera así, ella jamás habría interpretado la situación que acababa de ver tal y como lo había hecho, llegando de forma inmediata a la errónea conclusión de que a sus espaldas estaba manteniendo relaciones con su secretaria Karla Singleton.

Pobre Karla, pensó Mitch, recordando la cara

de horror de su secretaria tras el incidente. Moviendo la cabeza, abrió despacio el cajón superior de su escritorio, y tras meter descuidadamente el anillo en él, volvió a cerrarlo de golpe. De cualquier forma, nunca le había gustado el regalo. La combinación de los diamantes de color rosa con los rubíes había sido elección de Natalie. Su preferencia había sido un único solitario, grande y elegante, de dos quilates y medio, y finamente tallado.

La pobre e ingenua Karla, pensó con una mezcla de simpatía e impaciencia. Mitch podía entender la pasión, él mismo la había sentido... con bastante frecuencia, de hecho. Pero lo que no podía entender, lo que no entendería nunca, era cómo demonios una mujer, o un hombre, que para el caso era lo mismo, podían dejarse llevar por la pasión de tal forma que fueran capaces de arriesgar su salud y exponerse a un embarazo no deseado por no usar la protección debida.

Pero creyendo que estaba enamorada, y que su amor era correspondido, Karla lo había arriesgado todo con un hombre que había gozado con ella... y después se había largado. Supuestamente se había ido para buscar un trabajo con más futuro, pero había abandonado a Karla destrozada, embarazada, soltera y avergonzada de tener que decírselo a sus padres.

Sin saber qué otra cosa podía hacer, Karla se lo había contado a su jefe, y había desahogado su llanto sobre el ancho hombro de Mitch. Por supuesto, Natalie había escogido precisamente ese momento para hacerle una visita en la oficina, y lo había encontrado consolando a la llorosa mujer en sus amables brazos, y había oído justo lo suficiente para deducir que no solo había estado tonteando con Karla, sino que además la había dejado embarazada.

Como si él pudiera ser así de estúpido.

Viéndolo en retrospectiva, Mitch pensó que era lo mejor que podía haberle ocurrido, ya que no podía soportar la idea de casarse con una mujer que no confiara plenamente en él. La historia demostraba que el matrimonio podía funcionar aunque no existiera un profundo amor, pero, en su opinión, era imposible que funcionara sin confianza mutua. Así que allí terminaban sus quebraderos de cabeza para conseguir una esposa, montar una casa y tener una familia.

Reflexionando sobre ello, Mitch aceptó que en los últimos tiempos había tenido ciertas dudas sobre la elección de Natalie, no como esposa –estaba seguro de que sería una esposa ejemplar–, sino como madre de sus hijos. Y Mitch quería tener hijos algún día. Si al principio admiró la fría compostura de Natalie, en los últimos tiempos había llegado a plantearse si ese aire de distanciamiento se extendería también a los hijos que ella tuviera... hijos que también serían los de él.

Había crecido con dos hermanos y una hermana en una casa en la que la música ambiental era la mayor parte de las veces la algarabía producida por los niños, controlados por una madre siempre amante, aun en los momentos en que tenía que imponer su autoridad. Mitch deseaba que sus hijos se criaran en un ambiente similar.

Honestamente, Mitch tenía que reconocer que se sentía más aliviado que frustrado por el resultado de las falsas deducciones de Natalie.

Pero todavía le quedaba por resolver el problema de Karla, porque ella le había pedido consejo y ayuda. Mitch siempre había sido el paño de lágrimas para las mujeres, especialmente si se trataba de una mujer a la que estimaba. Su propia hermana podía atestiguarlo. La visión de una mujer llorando transformaba al supuestamente duro y serio hombre de negocios, jefe de un casino en Deadwood, Dakota del Sur, en el protector capaz de resolver sus problemas y tribulaciones, el salvador de las damas... en otras palabras, un pedazo de pan.

Y Mitch apreciaba a Karla, porque era realmente una buena persona, y además, en cuanto a lo que a él le atañía, porque era la mejor secretaria que había tenido jamás.

Mitch había conseguido tranquilizar algo a Karla después de la dramática escena montada por Natalie. Escuchando pacientemente, entre los sollozos e hipidos, Mitch se había enterado de que Karla estaba dispuesta a dar a luz y quedarse con su hijo. No por lo que el padre pudiera haber supuesto para ella, que ya no era nada, sino porque aquel era su hijo.

Una decisión que Mitch aplaudió en silencio.

Pero Karla insistía en que se sentía demasiado avergonzada como para decírselo a sus padres, que vivían en Rapid City, y para pedirles apoyo moral o ayuda económica. Karla era hija única, así que no tenía hermanos a los que poder pedir ayuda. Y aunque había hecho algunos amigos en el año y medio que había pasado en Deadwood, sentía que con ninguno tenía la suficiente confianza como para pedirles ayuda en aquel asunto.

Aquello lo dejaba a él, Mitch Grainger, el hombre de aspecto duro, pero fácil blanco de las lágrimas femeninas, como único apoyo.

Sus bien delineados labios masculinos dibujaron una irónica sonrisa de aceptación. Aceptaría el papel de sustituto de padre, de hermano y de amigo de Karla... porque se lo pedía su naturaleza, y porque si no lo hacía y su hermana llegaba a enterarse de ello alguna vez, se lo haría pagar.

Mitch recobró el buen humor. Alargó la mano hacia el interfono para llamar a Karla, justo en el mismo instante en el que sonó un tímido golpe de nudillos en la puerta de su despacho, seguido del sonido de la voz de Karla:

–¿Puedo entrar, señor Grainger?

–Sí, por supuesto –asintió él. A pesar de las veces que le había pedido que lo llamara Mitch, Karla había seguido dirigiéndose a él de manera formal. En aquellos momentos, después de la emotiva escena que habían vivido minutos antes, las formalidades parecían ridículas–. Entra y siéntate –le indicó cuando abrió la puerta y asomó la cabeza–. Y a partir de ahora, llámame Mitch.

–Sí, señor –dijo ella mecánicamente acercándose a la silla que había frente a la mesa de despacho y sentándose en el borde del asiento.

Él lanzó los brazos al aire en señal de desesperación.

–Está bien, abandono, llámame como quieras. ¿Cómo te sientes?

–Mejor –respondió consiguiendo esbozar una trémula sonrisa–. Gracias… por prestarme su hombro para que llorara sobre él.

Él devolvió la sonrisa.

–He practicado mucho con anterioridad. Hace años, cuando mi hermana menor era una adolescente, pasó por una temporada en la que periódicamente se transformaba en una cascada –su confidencia logró el efecto esperado.

Ella se rio y se echó hacia atrás en el asiento. Pero la risa cesó rápidamente, y fue reemplazada por un gesto de preocupación.

–En cuanto a la señorita Crane… me gustaría ir a verla, explicarle…

–No –atajó Mitch con voz cortante.

Karla se mordió el labio superior tratando de nuevo de contener el llanto.

–Pero… ha sido un malentendido –dijo ella con voz temblorosa–. Estoy segura de que si hablo con ella…

Él la hizo callar con un gesto de la mano.

–No, Karla. Natalie no pidió explicaciones, ni siquiera se quedó el tiempo suficiente para que pudiéramos dárselas. Sumó uno y uno y llegó a la conclusión de que eran tres… tú, yo y tu hijo. Ha sido su error –su tono de voz se endureció–. Se acabó. Pasemos a hablar de otro negocio.

Karla se quedó atónita.

–¿Qué negocio?

–Tu negocio.

–¿Mío? –la expresión de Karla era de asombro absoluto.

–El bebé –dijo él refrescándole la memoria–. Tu bebé. ¿Has hecho algún plan? ¿Quieres seguir trabajando? O…

–Sí, quiero seguir trabajando –lo interrumpió ella–. Bueno, suponiendo que a usted no le importe.

–¿Por qué habría de importarme? –bromeó él–. Demonio, tú eres la mejor secretaria que he tenido nunca.

–Gracias –en sus ojos marrones se reflejó un brillo de satisfacción, y se sonrojó ligeramente.

–Está bien, quieres seguir trabajando.

–Oh, sí, por favor.

–¿Hasta cuándo?

–Tanto como pueda –Karla dudó por un instante, y después añadió rápidamente–: Me gustaría seguir trabajando hasta el último momento, si es posible.

–Olvídalo –dijo él moviendo la cabeza–. No creo que eso fuera bueno para ti ni para el bebé.

–Pero el trabajo no requiere realmente esfuerzo físico –insistió ella–. El tener un hijo hoy en día es algo muy caro, y voy a necesitar todo el dinero que pueda conseguir.

–Te pago un excelente seguro médico, Karla –le recordó–, que incluye gastos de maternidad.

–Lo sé, y estoy muy agradecida, pero me gustaría reservar lo máximo posible para después –explicó ella.

–No te preocupes por el tema económico, eso corre de mi cuenta. Quiero que te concentres en cuidarte, y cuidar al hijo que llevas dentro –levantó la mano en el momento en el que ella iba a interrumpirlo–. Cinco meses más, Karla.

–Seis –se atrevió a regatear ella–. Solo habrán pasado siete meses y medio para entonces.

Él sonrió ante aquel gesto temerario.

–Está bien, seis –transigió–. Pero pasarás ese sexto mes preparando a la persona que vaya a reemplazarte.

–Pero no necesitaré todo un mes para preparar a otra persona –exclamó ella–. ¡No tendré nada que hacer!

–Exactamente. Considera una pequeña victoria el que te permita hacer eso.

Ella bajó la cabeza en señal de que aceptaba su derrota.

–Usted es el jefe.

–Lo sé –su sonrisa duró unos instantes, dando paso después a un gesto de preocupación–. Diantres –murmuró–. Cuando llegue el momento ¿Cómo demonios encontraremos a alguien capaz de reemplazarte?

Un mes más tarde, y a muchas millas de distancia hacia el sudeste, en un extremo soleado de Pensilvania, estaba teniendo lugar una tormenta privada.

–Rata.

Las tijeras atravesaron la voluminosa falda.

–Miserable.

La costura se rasgó en dos.

–Cretino.

El canesú quedó hecho jirones.

–Traidor.

Los botones salieron volando por los aires.

–Ya está... hecho.

Con la respiración entrecortada por el esfuerzo, Maggie Reynolds dio unos pasos hacia atrás y miró los restos de lo que había sido el traje de novia más bonito que había visto en su vida.

Las lágrimas le inundaron los ojos. Maggie se

dijo que era debido al reflejo del sol, y no al hecho de que aquel fuera el vestido con el que ella había pensado casarse dos semanas más tarde. El odio afloró a su mirada. Solo hacía dos días que el supuesto novio de Maggie se la había jugado. Después de haber compartido apartamento y cama con él durante casi un año, y después de haber pasado meses organizando todos los preparativos para la boda, un día, al volver del trabajo, se encontró con que todas las cosas de él habían desaparecido, los armarios de la ropa estaban vacíos, y había una nota, una maldita nota, apoyada en el servilletero que había sobre la mesa de la cocina. Las palabras que él escribió se le habían quedado grabadas a Maggie en la memoria:

Maggie, lo siento de verdad. Pero no puedo casarme contigo. Me he enamorado de Ellen Bennethan, y nos marchamos hoy a México. Por favor, procura no odiarme demasiado.

Todd

El recuerdo de su nombre le llevó a la memoria también su imagen. Con el pelo negro azabache y los ojos azul claro. Y evidentemente un traidor. Curvó los labios. ¿Lo odiaba? No, no lo odiaba, lo despreciaba. Así que se había enamorado de Ellen Bennethan ¿no? Mentira. Se había enamorado de su dinero. Ellen, una niña mimada que jamás había trabajado en su vida, era la única hija y la heredera de Carl Bennethan, dueño y señor de la compañía de muebles Bennethan, y jefe de Todd.

El querido Todd se había largado dejando que Maggie se encargara de arreglar el lío que había organizado, lo cual ya era de por sí bastante malo, pero lo que más le dolía a Maggie era que habían hecho el amor justo la noche antes de que se fuera. No, tuvo que corregirse a sí misma Maggie con desagrado. No habían hecho el amor, habían tenido relaciones sexuales. Y ni siquiera habían sido magníficas. ¿Magníficas? ¡Ja! Nunca habían sido magníficas. Ni mucho menos. Desde el principio, Todd había estado lejos de ser un amante entusiasta ni apasionado. ¿O había sido ella la que no había mostrado pasión? ¿Cuántas veces se había hecho esa misma pregunta durante todo el tiempo que habían pasado juntos?, musitó Maggie; la duda comenzó a alzarse dentro de su mente. De hecho, tenía que reconocer que nunca había logrado sentirse tan excitada como para dejarse llevar por la pasión del momento. Tal vez a ella le faltaba algo...

Al demonio con todo aquello, pensó Maggie, mientras la furia se imponía sobre la creciente duda. Y al demonio con Todd, y con los hombres en general. En su opinión, el sexo estaba sobrevalorado, era una fantasía, una ficción.

Presa de nuevo de la indignación, Maggie gruñó:

–Bastardo.

–¿Te sientes mejor ahora?

Al oír la voz Maggie se volvió para mirar a la mujer que estaba recostada contra el quicio de la puerta. La mujer, la mejor amiga de Maggie, Hannah Deturk, era alta, delgada, elegante, y casi demasiado bella como para poder soportarla. Maggie había pensado con frecuencia, y lo había dicho todavía más veces de las que lo había pensado, que si no fuera porque Hannah era su amiga, la odiaría.

–No demasiado –admitió Maggie–. Pero no he terminado todavía.

–¿De verdad? –preguntó Hannah alzando unas cejas de color castaño perfectamente trazadas –. ¿Vas a trocear todo tu vestido?

–Claro que no –dijo Maggie con fuerza–. No soy tan estúpida ni estoy tan loca.

–Podrías haberme engañado –alegó Hannah–. Yo diría que cualquier mujer que destroza un precioso vestido de novia de tres mil dólares en un arrebato de ira está todo lo loca que una mujer puede llegar a estar.

Tan alta como su amiga, tan esbelta, y sin tener nada que envidiar en cuanto a belleza, Maggie dirigió a su amiga una mirada de superioridad.

–¿De verdad? –dijo imitándola–. Espérate ahí amiga y te mostraré cosas que te asombrarán.

–Casi me asustas –dijo Hannah, con voz que reflejaba un leve nivel de preocupación–. Pero me quedaré... solo para asegurarme de que no te haces daño.

–El daño ya está hecho –las lágrimas afloraron a los ojos de Maggie.

–Lo sé –Hannah abandonó su posición en el quicio de la puerta para acercarse a ella–. Lo sé –murmuró abrazando a su amiga.

–Lo siento, Hannah –musitó Maggie entre sollozos–. Me había prometido a mí misma que no volvería a llorar.

–Y no deberías –dijo Hannah con voz compasiva–. Ese hijo de... no se merece que le dediques un segundo, y menos aún tus lágrimas.

Maggie se quedó asombrada ante la expresión utilizada por su amiga. Hannah nunca decía esas palabras. Se apartó ligeramente de ella para mirarla fijamente con ojos en los que la sorpresa había secado las lágrimas.

–Algunas veces, cuando estoy realmente molesta o furiosa, pierdo el control de mi vocabulario –justificó Hannah.

–Oh –Maggie se secó los ojos–, pues debes estar realmente una cosa o la otra, porque te conozco desde poco después de que llegaras aquí a Filadelfia desde algún lugar remoto, y esta es la primera vez en todo este tiempo que te oigo decir una palabrota.

–De hecho estoy realmente molesta y furiosa

–explicó Hannah–. Simplemente me pone enferma que te atormentes por ese... ese... miserable, traicionero y pesetero gusano.

–Gracias, amiga –murmuró Maggie conmovida por la preocupación que Hannah mostraba por ella–. Agradezco tu apoyo.

–De nada –una sonrisa curvó los bellos labios de Hannah–. Y es Nebraska.

–¿Qué?

–El lugar remoto del que yo vengo es el Estado de Nebraska –respondió.

–Oh, sí, ya lo sabía –respondió Maggie con un brillo de interés en los ojos–. ¿Cómo es Nebraska?

Hannah la miró asombrada ante aquel súbito interés:

–La parte de la que yo vengo, principalmente rural, más bien tranquila, y cuando decidí venir a la ciudad pensaba que bastante aburrida.

–Suena como el lugar idóneo –murmuró Maggie en voz alta y con la mirada perdida.

–El lugar idóneo –repitió Hannah atónita– ¿para qué?, ¿morirse de asco? ¿Qué quieres decir?

La sonrisa de Maggie solo podía calificarse de temeraria.

–¿Te acuerdas de esas posibilidades a las que me he referido?

–Sí-sí... –Hannah la miraba con creciente preocupación–. Pero ahora casi tengo miedo de preguntar.

Maggie se rio. Se sentía bien riéndose, así que volvió a hacerlo.

–Te lo diré de todas maneras. Ven conmigo, amiga mía –la invitó, dejando atrás la habitación y los restos de lo que un día había sido un traje de novia–. El dar rienda suelta a mi ira me ha dado sed. Hablaremos mientras tomamos un café.

–No puedes estar hablando en serio –con la taza de café medio vacía frente a ella, la tercera taza, Hannah miraba fijamente a Maggie presa de la incredulidad.

–Te aseguro que sí. Totalmente en serio –dijo Maggie con determinación–. Ya he puesto en marcha la rueda.

–¿Destrozando tu traje de novia? –preguntó Hannah en un tono que dejaba traslucir la esperanza de que su amiga no hubiese hecho nada más drástico.

–Oh, eso. Eso ha sido simbólico –respondió Maggie quitando importancia al asunto con un gesto de la mano–. No podía soportar ni un minuto más el verlo. No –dijo moviendo la cabeza–. Lo que he hecho para hacer girar la rueda ha sido pasarme toda esta deliciosa mañana de domingo escribiendo notas a los invitados a la boda, informándolos de que no habrá boda después de todo, mandando mensajes por correo electrónico a aquellos conectados a la red y preparando el resto para enviarlas por correo regular.

–Si me lo hubieras dicho, podría haberte echado una mano con eso –dijo Hannah con signos de exasperación.

–Gracias, pero, bueno... –concluyó Maggie–. Ese asunto está zanjado.

–No les habrás mandado un mensaje de correo electrónico a tus padres... ¿no? –preguntó Hannah alzando las cejas.

–No, por supuesto que no. Los he llamado por teléfono –respondió Maggie–. Se han disgustado, lógicamente, e insistieron en que fuera a pasar una temporada con ellos en Hawái.

–Buena idea.

–No, no lo es –dijo Maggie acompañando su disconformidad con un rápido movimiento de cabeza–. Los dos se jubilaron anticipadamente y se trasladaron a Hawái para descansar después del leve infarto que sufrió mi padre. Si fuera allí, en el estado de ánimo en que me encuentro, mamá se desviviría revoloteando a mi alrededor, y mi padre cancelaría todos sus partidos de golf para tratar de distraerme y entretenerme. Y yo me sentiría culpable y fatal por todo ello.

–Supongo que tienes razón –tuvo que aceptar Hannah.

–También he escrito una carta a mi jefe en el

trabajo, comunicándole con el obligado mes de antelación mi intención de abandonar la empresa.

Hannah abrió los ojos asustada:

–Maggie, dime que no es verdad.

–Lo es –insistió Maggie, levantando la mano para evitar que su amiga volviera a interrumpirla–, y lo que es más, he enviado un fax a una compañía inmobiliaria que conozco para solicitar que pongan mi casa a la venta.

Hannah saltó de la silla.

–Maggie, no –dijo agitando la cabeza–. No puedes hacer eso.

–Claro que puedo –rebatió Maggie–. Mi abuela me dejó este lugar a mí, es mío y libre de cargas.

–Pero... –insistió–. ¿Por qué? ¿Adónde irás? ¿Dónde vivirás?

–¿Por qué? Porque estoy cansada de seguir enganchada al carro, a la rueda de molino, acatando las normas –encogiéndose de hombros, Maggie añadió–: Quién sabe, a lo mejor me uno a un circo.

–No puedo creer lo que estoy oyendo –incapaz de permanecer quieta, Hannah comenzó a moverse de un lado a otro de la mesa–. Dejar tu trabajo, vender tu apartamento... –Hannah alzó los brazos al cielo– Es una locura.

–Hannah... –le respondió Maggie casi a gritos– me siento como una loca.

–¿Así que simplemente te vas?

–Sí.

–Dios mío, ¿por cuánto tiempo?

Maggie dudó, se encogió de hombros y después respondió:

–Hasta que se me termine el dinero, o hasta que deje de sentir la necesidad de romper cosas y hacer daño a la gente... en especial a un tal Todd.

–Oh, Maggie –murmuró Hannah dejándose caer sobre la silla–. No se merece toda esta angustia.

–Lo sé –asintió Maggie–. Pero el saberlo no me ayuda. Así que me marcho, me libero.

–Pero, Maggie... –gimió Hannah.

Maggie movió la cabeza con firmeza.

–No puedes hacerme cambiar de opinión, Hannah. Tengo la necesidad de abandonarlo todo por un tiempo y lo voy a hacer.

–Pero debes tener alguna idea de adónde vas a ir –insistió Hannah, que siempre era la que se preocupaba por los detalles.

–No –Maggie se encogió de hombros–. Quién sabe, tal vez termine en Nebraska.

Capítulo Dos

Tres meses más tarde

La pelirroja lo dejó sin aliento. Una oleada de energía, física y de naturaleza sexual, hizo que su cuerpo sufriera una sacudida.

Mitch se sintió a un tiempo asombrado y confuso ante la reacción que le producía aquella mujer que Karla estaba introduciendo en su oficina. No se debía a que fuera una mujer de una belleza incomparable, que no lo era. Oh, eso no significaba que no fuera atractiva. Desde luego lo era, muy atractiva. Pero él había conocido muchas mujeres atractivas, algunas incluso deslumbrantes, y sin embargo nunca había experimentado una respuesta tan fuerte e inmediata hacia ninguna de ellas.

Era extraño.

Desconcertado, pero teniendo especial cuidado para que no se le notara, Mitch pasó revista a la mujer mientras cruzaba la habitación en dirección a su mesa de despacho. Mirándola más detenidamente tenía que aceptar que poseía una belleza especial... si uno sentía debilidad por las mujeres altas y esbeltas, de piel tostada, boca grande de labios carnosos, ojos verdes y una larga y tupida melena de color rojizo.

Aparentemente, tuvo que aceptar Mitch de inmediato, él sin saberlo hasta entonces tenía esa debilidad. Al menos sentía algo de debilidad en las rodillas que se iba acentuando según la veía acercarse. Cuanto más se acercaba, más se acentuaba su atractivo.

Sin embargo, había algo cierto, pensó Mitch, estaba claro que no se había vestido para impresionar. Su ropa informal eran una declaración implícita de que no le importaban los convencionalismos ni lo que él pudiera pensar de ella.

La mujer se paró al lado de una silla frente a la mesa de despacho.

Mitch volvió en sí. En un intento por disimular una distracción poco común en él, pretendió estar estudiando su solicitud.

–¿Señorita Reynolds? –levantando los ojos del papel que sujetaba entre las manos le dirigió una amable sonrisa.

–Sí –su atractiva voz era suave, modulada, neutral.

Él se inclinó por encima de la mesa y le tendió la mano.

–Mitch Grainger –dijo asombrado ante la electrizante sensación que le había producido el contacto de su piel en aquel breve apretón de manos–. Siéntate –le dijo indicando con la mano todavía ardiente la silla que tenía a su lado.

–Gracias –con una gracia natural se puso delante de la silla y se sentó. Una vez sentada lo miró directamente a los ojos con reposada paciencia.

Ten cuidado, Grainger, se dijo Mitch a sí mismo. Esta es una mujer decidida a que no la intimiden.

–Si me disculpas un momento, voy a repasar tu solicitud.

Para su propia sorpresa, tras el fracaso de su noviazgo, Mitch se encontraba ante la oportunidad de descubrir la respuesta a sus preguntas acerca de aquella mujer en concreto.

Tras echar una ojeada a los papeles, Mitch no tuvo más remedio que coincidir con la entusiasta opinión de Karla. Las referencias de Maggie Reynolds eran impresionantes. Aquel hecho no podía sino satisfacer a ambos, ya que hasta ese momento Karla no había logrado encontrar a la persona adecuada para reemplazarla.

Levantando la cabeza, Mitch la puso a prueba con una mirada implacable.

–¿Puede presentar referencias que confirmen la información que presenta en su currículum?

–No las he traído conmigo –dijo con una voz tan calmada y segura como sus actos–, pero puedo obtenerlas.

Él asintió. No esperaba menos.

–Pareces estar bien preparada para el cargo –admitió él, sintiendo que le inundaba el cuerpo una excitación que rara vez sentía, al pensar que ella pudiera trabajar para él, atendiendo sus órdenes y llamadas durante cinco días de la semana. Pero su sentido del honor lo obligó a ser completamente honesto–. De hecho son demasiado buenas. En una ciudad más grande que esta encontrarías mejores oportunidades para ascender.

Ella sonrió. La tensión arterial de Mitch se elevó.

–Lo sé –respondió ella–. Pero aunque aprecio su sinceridad y su consejo, no me interesa esa posibilidad por el momento.

–¿Por qué? –fue la respuesta que como una bala le disparó él.

Pero ella no le devolvió el disparo, o tal vez sí, solo que lo que le lanzó fue una deslumbrante sonrisa capaz de trastornar a cualquiera. Mitch sintió su impacto… y le gustó bastante.

–Como ya le he explicado a su secretaria, y como se refleja en mi solicitud, ya he estado allí, ya he hecho ese trabajo –dijo ella–. Estoy cansada de la lucha –levantó los hombros–. Supongo que se podría decir que he perdido el interés, tal vez me haya vuelto aburrida.

Mitch no diría que había nada aburrido en ella. Pero no debía transmitirle a ella su impresión, no en aquel estadio de su relación. Y, por alguna razón, tal vez una demanda de su propia naturaleza, estaba decidido a que existiera una relación entre ellos dos.

–Comprendo –fue todo lo que dijo.

–Además –continuó diciendo ella–, me gusta el aspecto de este pueblo, el ambiente del Viejo Oeste que se respira. Es pintoresco.

Pintoresco. Mitch asintió. Lo era.

–¿Cuándo llegaste? ¿Has visto todo el pueblo? –no pudo evitar una sonrisa–. Aunque no se puede decir que haya mucho que ver.

–Yo...eh, he estado dando vueltas por ahí esta mañana –contestó ella.

Mitch decidió indagar en las razones de su inseguridad.

–¿No te has montado en el tranvía de Deadwood?

Ella movió la cabeza:

–Mi padre siempre decía que la mejor forma de conocer una ciudad es en el coche de San Fernando, un ratito a pie y otro andando –explicó ella–. Podré viajar en el tranvía otro día.

A pesar de la fascinación que le causaba su boca, a Mitch no le pasó desapercibido el hecho de que solo había contestado a una parte de su pregunta. Y naturalmente se preguntó por qué.

–¿Cuándo dijiste que habías llegado? –preguntó con amable insistencia.

A ella se le alumbraron con fuego los fabulosos ojos verdes. ¿Molesta?, ¿enfadada?, se preguntó Mitch.

–No lo he dicho –dijo con voz cortante.

Bien, pensó Mitch. La quería así, punzante, inestable, habiendo perdido su equilibrada compostura. La experiencia le había demostrado que aprendía más de la gente cuando se encontraban así.

–Lo sé –dijo él... y esperó.

Ella suspiró, era evidente que su insistencia le estaba haciendo perder la paciencia:

–Llegué ayer –admitió finalmente.

Mitch no había terminado todavía:

–¿De dónde? ¿De Filadelfia?

Ella lo miró fijamente, como si lo estuviera midiendo. Mitch sintió una vez más el cosquilleo que le inundaba en esa ocasión todo el cuerpo. Le gustó. Una vez más lo único que hizo fue sonreír y esperar, devolviéndole a ella la mirada evaluadora.

–No –ella no sonrió. Lo miró a los ojos con verdes llamaradas–. Me fui de Filadelfia hace meses, de vacaciones para viajar por el país. Llegué aquí desde un pequeño pueblo de Nebraska, en el que me había parado para comer.

–¿Pero tu destino original era Deadwood? –Mitch pensó que aquella era una pregunta razonable. Pero evidentemente la señorita Maggie Reynolds no era de la misma impresión, a juzgar por su expresión exasperada.

–No –agitó la cabeza moviendo de nuevo su rojiza melena.

Los dedos de Mitch se morían de ganas por sumergirse en aquel fogoso mar, para comprobar si realmente quemaba. Cuando ella se paró, sin terminar la explicación, él levantó una ceja, decidido a escuchar toda la historia.

El silencio se cernió sobre ellos durante varios segundos, después Maggie se dio por vencida y continuó con una actitud que parecía querer decir «al demonio»:

–Mientras esperaba a que me sirvieran la comida, comprobé el estado de mis finanzas –dijo con valentía–. El último balance mostraba que ya era hora de que volviera a trabajar... –se encogió de hombros– y aquí estoy.

Había conseguido sorprenderlo, algo que muy pocas personas eran capaces de hacer. Hacía mucho tiempo que nada lo sorprendía

–No lo entiendo –tuvo que admitir–. Con tu currículum podrías asegurarte un trabajo excelentemente pagado en cualquier gran ciudad –se contuvo para no añadir que se alegraba de que no lo hubiese hecho–. ¿Por qué Deadwood?

Ella se enderezó en la silla, mostrando una creciente impaciencia.

–Creo que ya he contestado a eso.

Él asintió con la cabeza.

–Ya ha estado allí, ya lo ha hecho, está cansada.

–Sí.

–Pero, si se le está acabando el dinero…

–No se me está acabando el dinero –le corrigió–. Estoy algo escasa. Hay una diferencia.

–Comprendido –admitió él, aceptando que le gustaba el estilo de aquella mujer–. Pero… ¿por qué Deadwood? –repitió, aquella vez solo con auténtica curiosidad acerca de su elección.

Ella sonrió.

Él sintió cómo se le tensaban los músculos del estómago.

–Aunque parezca increíble –dijo ella–. Oí a unos hombres que estaban sentados en la mesa de al lado hablar de este lugar –encogió los hombros–. Así que pensé… ¿por qué no?

Valor, estilo y despreocupación. Menuda combinación y, afortunadamente, nada similar a Natalie, pensó Mitch, reprimiendo un repentino deseo de reírse. Estaba deseando trabajar, medir sus fuerzas, e incluso tal vez, con un poco de suerte, llegar a tener una relación más íntima con aquella mujer. Pero no quería parecer ansioso, ni dejar ver sus cartas demasiado pronto.

–Como me imagino que ya habrá notado, mi secretaria está en su tercer trimestre de embarazo –dijo él.

–Es difícil no darse cuenta –respondió ella.

–Sí –se paró, dejando que la preocupación por Karla se reflejara en su rostro–. Estoy deseando poder encontrar a alguien que la sustituya, necesita descansar más –volvió a pararse–. Dado cómo está la situación, el puesto es tuyo… si todavía lo quieres.

–Sí lo quiero –asintió con la cabeza–. Gracias.

Entonces él mencionó una cantidad como sueldo que sí la hizo reaccionar. Fue una reacción rápida, pero perceptible en el leve movimiento de sorpresa de sus ojos, en su expresión. Pudo controlarla igual de rápido.

–Es una cantidad muy generosa –dijo ella–. ¿Cuándo quiere que empiece?

Inmediatamente, pensó.

–Tan pronto como puedas –dijo.

–Es jueves –alzó una ceja rojiza perfectamente arqueada–. ¿Le parece bien el lunes?

–Bien –asintió, seguro de que aquel iba a ser un fin de semana muy largo.

Aunque había sido capaz de soportar la tortura sin que se notara su consternación, Maggie salió de la oficina de Grainger sintiéndose como si hubiese pasado por un potro de tortura. Se acordó de la conversación que había oído la noche anterior en un restaurante cercano. Una mujer que había sido entrevistada para aquel trabajo había hecho una descripción muy precisa de Mitch Grainger. Aquella joven del restaurante no había exagerado. Él era tan duro como el pedernal, o tal vez incluso más duro, duro pero al mismo tiempo inteligente y perspicaz, y físicamente atractivo... de una forma devastadora.

Tras aquella entrevista, Maggie se sentía como si tuviera la imagen de aquel hombre impresa en su mente y no fuera a ser capaz de borrarla nunca, y la imagen era algo más que perturbadora.

La primera cosa que le llamó la atención de Mitch Grainger, incluso mientras permanecía sentado tras la mesa de su despacho, fue su altura. Era alto, al menos un metro noventa, casi dos. Tenía el cuerpo de un jugador de fútbol americano de primera división. El pelo negro y los ojos gris perla, la piel dorada por el sol, y un traje caro y elegante hecho a la medida de sus anchas y musculosas espaldas.

Sí, ciertamente Mitch era sexy y guapo... para aquellas personas a las que les gustaran las facciones afiladas, el estilo reservado, con un aire que mostraba un absoluto dominio de la situación, abierta sensualidad, una inteligencia despierta y aguda personalidad.

Afortunadamente para su propia tranquilidad, a ella no la atraían esas cualidades. A los pocos segundos de entrar en su oficina, ya lo había calificado como un individuo arrogante y chauvinista escondido bajo la coraza de su ropa cara.

Y ella acababa de aceptar trabajar con él. Su lado emocional la animaba a salir huyendo por la salida más cercana. Su lado práctico le recordaba que necesitaba el dinero, sin el cual no podría llegar muy lejos.

–¿Qué tal ha ido todo? –preguntó Karla, con un tono que reflejaba ansiedad y esperanza al mismo tiempo.

Saliendo de sus poco estimulantes reflexiones, Maggie dibujó una sonrisa y respondió:

–Me ha contratado. Empiezo el lunes.

–Oh, bien –dijo Karla exhalando lo que parecía un suspiro de alivio, y su bello rostro se iluminó con una sonrisa–. Me estaba volviendo loca.

Magnífico. Justo lo que necesitaba oír, pensó Maggie sentándose en la silla que Karla le señalaba con la mano. Convencida de que su preocupación inicial por la evidente ansiedad que tenía Karla por encontrar una sustituta era porque aquel hombre era un absoluto tirano, casi tenía miedo de preguntar.

–¿Por qué?

–Cree que debo descansar más.

–Eso dice –corroboró Maggie.

–Oh, es tan... protector –dijo Karla–. Esta última semana, sobre todo... solo porque se me han hinchado un poco los tobillos.

¿Era tan protector? ¿Había notado una pequeña hinchazón en sus tobillos? Bueno, el supuesto comportamiento tiránico de aquel hombre podía ser la causa del exceso de ansiedad de Karla, pensó Maggie, aunque comenzaron a asaltarle las dudas.

¿Por qué iba un jefe, un jefe duro como el pedernal, a preocuparse por esos detalles...? De pronto sus elucubraciones se interrumpieron bruscamente y la asaltó una duda que se impuso sobre las demás: ¿podría ser Mitch Grainger el padre de aquel bebé?

Bueno, por supuesto que podía, se dijo Maggie a sí misma. Era un hombre, ¿no?, pensó. Un hombre tremendamente sensual. Por alguna inexplicable razón, de pronto se sintió incómoda.

–¿Te pasa algo? –le preguntó Karla, mirándola con preocupación–. Estás pálida. ¿Te encuentras mal?

No, no estaba enferma, estaba asqueada, se dijo Maggie a sí misma, fingiendo otra sonrisa.

–No... –movió la cabeza y trató de hallar una respuesta adecuada–. Yo... eh, todo ha pasado de una forma tan rápida, sabes. Es emocionante, pero un poco enervante también –consiguió fingir una risa–. Quiero decir, ¿quién se piensa que va a ser contratada así –chasqueó los dedos–, de golpe?

–Sé lo que quieres decir –dijo Karla riendo también, pero sin fingir–. Pero esa es la manera de ser del señor Grainger. Es decidido, se impone y tiende a ser un poco agobiante a veces.

¿Un poco? Como una apisonadora, pensó Maggie, reservándose su opinión. Todo lo que le dijo a Karla fue:

–Ya lo he notado.

La otra mujer se rio:

–Creo que lo voy a pasar bien trabajando contigo durante las dos próximas semanas, Maggie, y... –de pronto se paró, y con un tono de incertidumbre que la hizo parecer más joven, añadió: espero que podamos ser amigas.

Maggie se sorprendió. Había creído que Karla tendría unos veintidós o veintitrés años, unos cuatro o cinco años menos que ella. Sin embargo, de pronto aquella chica le parecía mucho más joven, y tan vulnerable que hizo que Maggie se sintiera vieja, aunque solo fuera en experiencia.

–Estoy segura de que lo seremos –dijo Maggie extendiendo el brazo por encima de la mesa para tomar la mano de Karla–. Y como novata que soy en el negocio de las apuestas, también estoy segura de que voy a necesitar toda la ayuda que me puedas dar durante las próximas semanas.

–Con tu experiencia estoy segura de que lo harás muy bien –dijo Karla apretando la mano de Maggie.

Sí, lo haría, asintió Maggie en silencio. Suponiendo que fuera capaz de soportar a la apisonadora, lo cual era mucho decir. Pero cada cosa a su tiempo, pensó Maggie.

–Esperaba que pudieras ayudarme con algo más –dijo.

–Por supuesto, si puedo –dijo Karla–. ¿De qué se trata?

–Bueno, de momento tengo una habitación en el Mineral Palace –explicó–. Pero no me puedo quedar allí. Necesito buscar algo para alquilar, una habitación amueblada o un pequeño apartamento. ¿Sabes tú de alguno?

–Sí, conozco uno, ¡y está en mi mismo edificio! –exclamó Karla riéndose–. Y casi me atrevo a asegurarte que podrás tenerlo. Es un pequeño apartamento, y está totalmente amueblado pero... –dudó, se quedó inmóvil y se mordió el labio.

–¿Pero? –preguntó Maggie.

–Está en un tercer piso y no tiene ascensor. ¿Sería eso un problema?

–En absoluto –le aseguró Maggie riéndose aliviada–. ¿Dónde está situado ese bloque de apartamentos?

–Está justo a las afueras de la ciudad, pero no es un bloque de apartamentos normal –explicó Karla–. Hace muchos años, era una casa particular, una enorme casa victoriana que fue transformada en apartamentos.

Aunque Maggie se imaginó de inmediato un enorme caserón con leves restos de su antigua elegancia, se dijo a sí misma que los mendigos no se podían permitir el lujo de elegir. Además, siempre le habían gustado las casas de estilo victoriano, incluso aquellas que habían perdido el esplendor original. Decidida a aceptar los contratiempos como parte integrante de la loca aventura en la que se había embarcado, sonrió para tranquilizar a Karla.

–Suena interesante –dijo, e inmediatamente se vio recompensada con una sonrisa por parte de Karla que borró el ceño de su rostro.

–¿Con quién tengo que hablar para poder ver el apartamento?

Karla sonrió burlona.

–Con el jefe.

–¿El jefe? –Maggie sintió que su estómago se revelaba–. ¿El señor Grainer es el dueño del edificio?

–Sí –asintió Karla–. Al menos lo es su familia –puntualizó–. Su tatarabuelo construyó la casa... eh, a principios de siglo creo. Fue varios años después de haber establecido su banco aquí y de haberse casado con la hija de uno de los socios o directivos o ejecutivos o lo que fuera de la mina de oro Homestake.

–¿También eran dueños del banco?

–No –Karla movió la cabeza y frunció el ceño–. Creo que lo que ocurrió fue que el tatarabuelo de Mitch vendió el negocio en los años veinte, y comenzó a comprar propiedades. Entonces el banco quebró cuando el crack de la bolsa, y fueron las propiedades las que salvaron la fortuna de la familia, porque consiguieron conservarlas todas.

–Incluyendo la casa que actualmente está reconvertida en apartamentos –dedujo Maggie.

–Y esta propiedad. Ambas están bajo el control de Mitch –asintió Karla.

Magnífico. Maggie tuvo que hacer un gran esfuerzo para no lanzar un gruñido. ¿Qué podía hacer?, se preguntó a sí misma, resistiéndose a entrar de nuevo en la oficina del señor Grainger. Mientras que la idea de vivir en el mismo edificio que Karla la agradaba, Maggie no estaba segura de querer alquilar la casa a la misma persona para la que iba a trabajar. Además, si sus sospechas de que Karla y él mantenían una relación eran correctas, a pesar de que de alguna manera no parecían encajar, la idea de estar en los alrededores como testigo de sus encuentros no le resultaba en absoluto atractiva. Y sin embargo necesitaba cuanto antes una dirección permanente.

–Iré ahora mismo a hablar con Mitch –dijo Karla levantándose de la silla y golpeando la puerta con los nudillos.

Maggie abrió la boca con la intención de pedirle a Karla que esperara un momento, pero antes de que pudiera articular palabra, Karla había abierto la puerta y se había deslizado dentro de la oficina. Para su sorpresa, a Maggie no le dio tiempo a dar muchas vueltas al asunto, porque a los escasos minutos Karla había vuelto a salir, luciendo una sonrisa de triunfo en los labios. Alzó la mano para mostrar un llavero con una llave que colgaba de uno de sus dedos.

–Nos vamos –dijo animando a Maggie a que la siguiera mientras rodeaba el escritorio y se dirigía hacia la puerta que daba al pasillo exterior.

–Pero... –comenzó a decir Maggie.

–Me ha dado el resto de la tarde libre –le comunicó Karla–. Me ha prestado su camioneta para llevarte a ver el apartamento. Debo llamarlo desde allí, y si te gusta el sitio puedo utilizar la camioneta para ayudarte a trasladar tus cosas... si es que necesitas ayuda.

¿Su camioneta? Frunciendo el ceño, Maggie se levantó de la silla para alcanzar a aquella mujer sorprendentemente ágil. ¿Debía Karla conducir una camioneta en su avanzado estado de gestación? Al no haber estado nunca embarazada, no tenía la menor idea.

No atravesaron el casino hasta la entrada principal, sino que al llegar al final del tramo de la escalera que conducía hasta el segundo piso, Karla giró para atravesar otro estrecho pasillo que conducía hasta una puerta de acero situada en la parte trasera del edificio. Un guardia de seguridad uniformado estaba de pie junto a la puerta.

–Hola Karla, ¿vas a tomar un almuerzo tardío? –sonrió el guardia que lanzó a Maggie una mirada de curiosidad.

–No –Karla sonrió con picardía y movió la cabeza–. El jefe me ha dado la tarde libre –se volvió para sonreír a Maggie–. Maggie, este es Johnny Brandon.

–Señor Brandon –dijo Maggie extendiendo su mano derecha para que aquel hombre se la estrechara.

Karla volvió la mirada hacia el guarda y añadió:

–Johnny, esta es Maggie Reynolds. Trabajará aquí a partir del lunes.

–Encantado de conocerla señorita Reynolds... y por favor llámeme Johnny –el guarda estrechó su mano durante un segundo, inclinó la cabeza, y después lanzó una mirada pícara a Karla–. Al fin has conseguido encontrar a alguien que le guste al señor Grainger, ¿eh?

–Sí –asintió Karla–. Y ahora nos vamos ya, antes de que se arrepienta y me haga volver esta tarde.

–No creo que eso ocurra –dijo Johnny bromeando mientras les abría la puerta–. Encantado de conocerla, señorita Reynolds.

–Maggie, por favor –dijo mientras salía siguiendo a Karla que al poco rato se paró frente a un vehículo.

–Es enorme –opinó Maggie.

–Estos vehículos son casi imprescindibles en este terreno montañoso, y se conducen con mucha facilidad.

–Sabes, no creo que necesite este vehículo tan grande para transportar mis cosas si decido quedarme en el apartamento. Podríamos usar tu coche.

–Yo no tengo coche.

–Entonces ¿cómo te las arreglas para venir a trabajar, para hacer la compra?

–Bueno, antes lo hacía andando, pero ahora me lleva Mitch –fue la respuesta de Karla.

Oh, oh, pensó Maggie cada vez más convencida de que sus sospechas de que Karla y Mitch mantenían una relación eran acertadas. De pronto, la posibilidad de ser testigo de sus encuentros fuera de la oficina la aterrorizó.

–¿Vive el señor Grainger en la casa? –preguntó.

–Oh, no –respondió Karla–. Tiene un apartamento en el tercer piso del casino, sobre la oficina.

Maggie se sintió temporalmente aliviada, aunque pronto pensó que todo aquello no era sino una prueba más de que mantenían una relación con Karla. ¿Qué otra explicación podía haber para que la llevara de un lado a otro en su coche?

Capítulo Tres

La casa era preciosa. Maggie se enamoró de ella nada más verla. Le recordaba a las magníficas casas antiguas de estilo victoriano que habían sido transformadas en hostales en Cape May en Nueva Jersey. Pero aquella casa era todavía mayor, y era una verdadera mansión. Tenía un porche cubierto que rodeaba toda la casa y una torre con tejado de cobre en una de las esquinas.

Al mirar al tejado, con su característica forma acampanada, Maggie no pudo evitar sentir una punzada de emoción al comprobar que en todos los pisos de la casa había alcobas con mirador en la torre. Habiendo vivido toda su vida en apartamentos modernos sin ninguna personalidad, primero con sus padres, y después en el apartamento que heredó de su abuela, a Maggie le encantaban las casas antiguas.

–¿Qué te parece? –le preguntó Karla, haciendo que Maggie saliera de lo que parecía un trance.

–Es... magnífico –murmuró Maggie.

–Y además grande –se rio Karla–. ¿Quieres entrar, o prefieres quedarte aquí para siempre contemplando el exterior de la casa?

–Quiero entrar –respondió Maggie con entusiasmo–. Estoy deseando ver el interior de la casa.

Al entrar en el distribuidor, Maggie no pudo evitar sentirse algo defraudada al comprobar los necesarios cambios que se habían hecho para poder convertir lo que en su día fue una casa privada en un conjunto de apartamentos. A pesar de todo, todavía se podía apreciar la belleza original en las maderas originales, incluyendo los suelos, y la amplia escalera que había pegada a uno de los lados. Había un pasillo al lado de la escalera que llevaba hasta la parte posterior de la casa.

–Como puedes ver, no resultaba nada difícil dividir la casa en apartamentos separados –dijo Karla acercándose a las puertas cerradas situadas a lo largo del vestíbulo–. Este es mi apartamento –se acercó a la puerta que había en la pared de la escalera y metió la llave en la cerradura–. Pasa.

–Oh, tienes una alcoba en la torre –dijo Maggie, siguiendo entusiasmada a Karla. Una vez dentro, contuvo la respiración–. Oh... es precioso, es como entrar en la máquina del tiempo.

–Sí, a mí me encanta –sonrió Karla.

–Comprendo por qué –Maggie se puso a mirar detenidamente el amplio salón, deleitándose con los muebles antiguos, y con el sillón del mirador de la alcoba.

Los detalles victorianos se apreciaban también en el resto del apartamento, incluso en el pequeño baño. Karla entró primero en la cocina, en la parte trasera de la casa. Allí todo estaba reluciente, y los electrodomésticos de color blanco eran los más modernos que había en el mercado.

–Esta habitación era originalmente el lavadero –explicó Karla dirigiéndose hacia la pila–. ¿Quieres una taza de café o de té?

–Me encantaría tomar una taza de café –dijo Maggie, para agregar inmediatamente–: Pero, ¿podría ver primero el apartamento del tercer piso?

Karla se rio.

–Por supuesto que puedes verlo –volviéndose, la precedió en el camino de vuelta hacia el salón–. Tal vez quieras adelantarte tú –dijo Karla bromeando mientras abría la puerta–. Últimamente soy un poco lenta subiendo las escaleras.

La mirada de Maggie se paró en el vientre de Karla.

–Tú no tienes por qué subir. Yo puedo subir sola, bueno, si te parece bien.

–Oh, claro que sí –sacando una llave de la caja que le había dado Mitch, Karla se la dio a Maggie–. Cuando llegues al final de las escaleras sigue por el pasillo hasta la puerta del fondo. Ah, y por cierto, hay otras escaleras al fondo del pasillo que dan a una puerta que comunica con el aparcamiento que está situado en la parte de atrás de la casa. Yo prepararé el café mientras tú echas una ojeada al apartamento.

En el descansillo del segundo piso Maggie encontró la puerta que daba a las escaleras que conducían al tercer piso. La escalera era más estrecha y estaba también cerrada, pero estaba iluminada por una lámpara que había en el techo y por la luz del sol que pasaba a través de las cortinas que cubrían una ventana que había al final de la escalera. Maggie subió las escaleras sin saber bien qué podía esperar... un gran desván viejo utilizado originalmente como trastero, o tal vez un cuarto enorme dividido en habitaciones para alojar al servicio.

Aunque ya esperaba encontrar el techo abuhardillado, lo que no se esperaba eran los armarios empotrados, ni el tamaño del apartamento que tenía frente a ella. A Maggie le pareció magnífico y acogedor, e inmediatamente se imaginó a sí misma sentada en aquel precioso salón mirando por la ventana. Deseosa de mudarse a aquel lugar cuanto antes, volvió a descender las escaleras, donde Karla la esperaba con el café preparado.

–¿Qué te ha parecido? –preguntó Karla, tomando una galleta rellena de crema.

–Me encanta. Quiero quedarme en él –respondió Maggie, tomando un pequeño sorbo del líquido caliente–. ¿Cuánto cuesta?

Karla alzó los hombros.

–No lo sé –se metió el resto de galleta en la boca, masticó y tragó–. Tendrás que preguntarle eso a Mitch –estiró la mano en busca de otra galleta, se paró, movió la cabeza, y retiró la mano–. Será mejor que no –volvió a mover la cabeza–. Me encantan los dulces, pero en mi última revisión había engordado dos kilos. Al doctor no le gustó –Karla bromeó–. Me dijo que nada de dulces.

–Debe ser difícil tener que renunciar a lo que te gusta –se compadeció Maggie–. Yo nunca lo hago, ni lo he hecho –giró expresivamente los ojos–. Mi debilidad es la pasta… con sabrosas salsas.

–¿De verdad? –se rio Karla–. Había pensado preparar un plato de pasta para la cena. ¿Por qué no trasladamos tus cosas en cuanto nos terminemos el café, y después cenamos juntas?

Maggie frunció el ceño.

–¿Estás segura de que al señor Grainger no le importará que me mude antes de pagar el alquiler?

–Ya te dije que me había dicho que usara su camioneta para ayudarte a trasladar tus cosas –le recordó Karla.

–Bueno… está bien. Pero tengo una idea mejor –sugirió Maggie teniendo en cuenta el estado de Karla.

–La mayor parte de mis cosas está todavía en mi coche, ya que solo bajé dos maletas al hotel, y ni siquiera llegué a deshacerlas del todo. Si me llevas al pueblo, tomaré mis maletas, pagaré el hotel y te seguiré hasta aquí. Después, tú puedes descansar, y poner los pies en alto, mientras yo subo todas mis cosas al tercer piso.

–Por Dios, no soy una inválida –protestó Karla–. Hablas como Mitch.

–Dios mío, espero que no –dijo Maggie

–No creas, es realmente una buena persona –afirmó Karla.

–Ya –murmuró Maggie, reservándose su opinión–. En cualquier caso, tengo ojos en la cara, y no he podido evitar ver que tienes los tobillos hinchados –continuó, cambiando deliberadamente de tema de conversación–, así que en lugar de que te pongas a cocinar de pie en la cocina, cuando termine de sacar mis cosas, me gustaría poder agradecerte toda tu ayuda invitándote a cenar en el restaurante que tú elijas.

–Pero…

–No hay pero que valga –dijo Maggie, interrumpiéndola–. Ese es el trato –sonrió con picardía–. O lo tomas o lo dejas.

Karla alzó los brazos.

–Tú ganas –respondió devolviéndole la sonrisa–. Lo tomo.

–Bien –Maggie retiró hacia atrás su silla–. Entonces, vamos a recoger las cosas del café y pongámonos en marcha.

En menos de dos horas estaban listas para salir de nuevo. Claro que Maggie no había deshecho el equipaje. Simplemente había dejado sus cuatro maletas, una bolsa de viaje y una caja de cartón en mitad del salón. Sin embargo, sí se molestó en buscar su bolsa de aseo, fue al baño, se lavó, se peinó, se puso algo de colorete y se pintó los labios antes de bajar las escaleras para ir a buscar a Karla.

–Oh, he hablado con Mitch por teléfono mientras dejabas las cosas arriba –dijo Karla cuando salieron de la casa–. Ha dicho que puedes pagar el alquiler el lunes cuando vayas al trabajo.

–Bien –Maggie disimuló su turbación con una sonrisa. No quería que aquella amable y confiada mujer se percatara de las pocas ganas que tenía de que llegara el lunes por la mañana, y de tener que volver a ver a Mitch Grainger.

Los siguientes tres días pasaron rápidamente. Maggie, por primera vez desde que se fue de Filadelfia, deshizo todas sus maletas, y sacó todo lo que llevaba en la bolsa y en la caja de cartón. Con una suave sonrisa en los labios, Maggie colocó sobre la cómoda los escasos objetos personales que no había sido capaz de dejar: una fotografía enmarcada de sus padres, un pequeño joyero tallado a mano; un pequeño tigre de jade blanco que había sido el último regalo de Navidad que le había hecho su abuela; y un pequeño payaso de trapo que Hannah le había regalado a la hora de partir.

Con la intención de ir a hacer la compra, Maggie bajó las escaleras y se dirigió a su coche. Una vez que estaba en el estacionamiento, se dio la vuelta para mirar a la casa. Se le escapó un suave «oh» de placer al volver a contemplar su belleza. Profundamente encantada ante la visión de la gran mansión, Maggie no se permitió conjeturar sobre la posible duración de su estancia en Deaewood. La habían contratado para estar hasta que Karla pudiera regresar al trabajo, unos cuatro o cinco meses más tarde. Tal vez pudiera quedarse algo más, para disfrutar de los cambios de estación en aquella parte del país. Pero aquello dependería mucho de Mitch Grainger, pensó Maggie, reprimiendo un súbito escalofrío de origen indefinido. No tenía ni idea de por qué razón tan solo el hecho de pensar en aquel hombre la afectaba tanto. Pero lo cierto era que cada vez que le venía su imagen a la cabeza, o cuando Karla lo mencionaba, un escalofrío le recorría la espina dorsal.

Y su imagen le vino a la cabeza con frecuencia durante el fin de semana, con demasiada frecuencia para su gusto. En algunos momentos extraños y desconcertantes, la asaltaba una imagen de él a color y con todo tipo de detalles, en especial cuando estaba en la cama.

De repente, él estaba allí, llenándole el pensamiento, los sentidos. Había experimentado la extraña sensación de que podía de hecho sentirlo, y que lo tenía tan cerca como lo había tenido cuando estaban en su oficina. Casi podía sentir la atracción de sus intensos ojos grises, la energía sensual que le rodeaba como si se tratara de un campo magnético.

Era de hecho la sensación más extraña que había sentido en su vida, y no le gustaba. Esa sensación la ponía nerviosa, la hacía sentir primero frío y después demasiado calor, y sentía un hormigueo que la recorría todo el cuerpo.

En un intento por superar la incomodidad que le producía pensar que tendría que trabajar cerca de él, trató de recordar imágenes de Todd y de todos los hombres que habían tratado de seducirla. Su estrategia no funcionó. Aquellas otras imágenes no lograron producirle el más mínimo efecto. Solo la imagen de Mitch Grainger tenía el don de hacer que su corazón se desbocara, de dejarla sin aliento, de tensar sus nervios, como si los largos dedos de las manos de aquel hombre los tensaran como si fueran las cuerdas de una guitarra.

Todo era demasiado ridículo, se reprendía Maggie a sí misma con firmeza, negándose inconscientemente a aceptar la raíz última de aquella sensación. En lo más profundo de sí misma, sabía que la energía que le producía aquellas sensaciones era sexual, y la atracción mutua.

A la hora de acostarse el domingo por la noche, en opinión de Maggie, aquellos tres días habían pasado demasiado rápido.

Capítulo Cuatro

Para Mitch aquellos días pasaron demasiado despacio. Se sentía como un animal enjaulado que anticipara la llegada de una tormenta. Sentía que algo importante iba a ocurrir. Se sentía inquieto, intranquilo, incapaz de pensar en otra cosa que no fuera Maggie Reynolds. Esa mujer que no solo era bella, sino que mostraba una autoestima y una confianza en sí misma que no había sido adquirida con dinero ni heredada, sino ganada gracias a su esfuerzo e inteligencia.

¿Se trataba de un reto?, ¿era eso lo que tanto le atraía de ella? Oh, sí, tuvo que aceptar Mitch. Maggie Reynolds representaba un reto que él no podía rechazar.

El domingo por la noche, la expectación de Mitch era tal que apenas podía pensar en otra cosa. Agradeció el sonido del teléfono, porque al menos le permitía pensar en otra cosa. Mitch levantó el auricular, y la voz de su hermano acaparó su atención.

–¿Qué tal estás, viejo hermano? –preguntó Justin con su habitual tono burlón.

–¿En comparación con quién? –preguntó

Mitch siguiéndole la broma mientras en su rostro se dibujaba una sonrisa.

–Conmigo, por ejemplo –rio Justin.

A pesar de la risa de su hermano, Mitch sintió una súbita preocupación.

–¿Te ocurre algo?

–Vamos, Mitch, relaja tu instinto protector de hermano mayor –respondió Justin–. Estoy bien –Mitch refunfuñó ante la alusión a su condición de hermano mayor. Los separaban menos de dos años, pero era protector, tenía que aceptarlo. Siempre lo había sido, no solo con Justin y con su hermana, Beth, la pequeña del clan, pero también de Adam, el mayor, que era todavía más protector de todos ellos. Lo cierto era que los cuatro eran una auténtica piña, los ángeles revoltosos, como los llamaba cariñosamente su madre, cuidaban unos de otros–. Pero sí tengo un problema –continuó Justin–, y necesito un favor.

–Cuéntame –dijo Mitch de inmediato–. ¿Qué problema tienes?

–Es Ben.

–¿Daniels? ¿No está trabajando en el rancho? –preguntó Mitch sorprendido.

Aunque Adam era el que dirigía los diversos negocios de la Corporación Grainger desde que su padre se había jubilado, Mitch todavía se mantenía al tanto de todo lo que ocurría en la familia. Conocía muy bien la historia de Ben Daniels. Todo comenzó el día que cumplía veintidós años. Dos años antes le habían concedido el control sobre el casino de Deadwood.

Trece años antes, Ben, un huérfano de diecisiete años, fue contratado como vaquero en el rancho de Wyoming en el que Mitch y sus hermanos habían nacido y se habían criado. Toda la familia Grainger, desde el padre y la madre hasta cada uno de los hermanos, incluyendo a Beth que era tres años más joven, tomaron al alto y desgarbado Ben bajo su protección.

Con el paso del tiempo, Ben llegó a desarrollar una especial habilidad en el trato con los caballos. Aunque no llegaba al nivel de Justin, cuya pericia era única.

Según fue creciendo, Ben se convirtió en un hombre atractivo que hacía enloquecer a las mujeres. Tres años antes, la hija de dieciocho años de un influyente banquero se quedó embarazada y dijo que Ben era el padre. Ben lo negó, alegando que jamás había mantenido relaciones íntimas con la chica, e insistió en que se hiciera un análisis del ADN. Nunca se llegó a hacer el test, porque la chica, temerosa de su padre, se tomó una dosis letal de las píldoras para dormir de su madre.

El traumático incidente casi logró destruir a Ben. Deprimido, comenzó a beber mucho. Temiendo que acabara por destruirse, Adam lo despidió del rancho, y lo contrató para trabajar en el criadero de caballos que tenía la familia en Montana, y que Justin se encargaba de dirigir.

Pero todo aquello había pasado hacía tres años, y Mitch pensaba que Ben ya se había recuperado de su depresión.

–Ese es el problema –dijo Justin, interrumpiendo los pensamientos de Mitch–. Está trabajando demasiado bien. El tipo no para.

–¿Y eso es un problema? –preguntó Mitch, pensando que a él no le importaría tener ese problema con algunos de sus empleados.

–Demonios, claro que es un problema –dijo Justin–. Al menos lo es en el caso de Ben. No para, los siete días de la semana, desde antes del amanecer hasta después de la puesta del sol. No creo que haya salido del rancho más de cinco veces en los tres años que ha estado aquí. Tú...

–Lo mismo se podría decir de ti –interrumpió a su hermano, que siempre había sido un solitario, y más aún desde la ruptura de su matrimonio–. ¿Cuánto hace que no te has tomado unas vacaciones? ¿Desde cuándo no sales del rancho?

–Es mi casa, Mitch, a pesar de ser parte del negocio familiar es mi casa –se justificó Justin–. Además, eso a ti no te incumbe –añadió con tono de autosuficiencia–. Pero me tomé unas pequeñas vacaciones la semana pasada, y estuve un tiempo en Wyoming con nuestro viejo hermano Adam, su guapísima esposa Sunny y su adorable hija Becky.

Una dulce sonrisa afloró a los labios de Mitch al pensar en la pequeña de dos meses. Becky era adorable.

–Yo pasé por allí hace un par de semanas –dijo Mitch riendo–. Presiento que el viejo Adam va a tener mucho trabajo dentro de quince años más o menos, porque nuestra Becky va a ser un bombón.

–Sí –asintió Justin–. Pero bueno, la cuestión es que deberías ver a Ben. Se ha consumido, ya no es más que huesos y piel. El tipo necesita unas vacaciones.

–Pues dáselas –dijo Mitch–. Dile que se tome unas vacaciones.

–Ya lo he hecho –afirmó Justin–. Al principio se negó, pero le dije que era una orden y finalmente lo aceptó. Y ahí es donde te necesito. ¿Podrías encargarte de buscarle una habitación de hotel?

–¿Viene a Deadwood?

–Sí, dijo que si tenía que tomarse unas dichosas vacaciones, aprovecharía para ir para allá, así podría pasar algún tiempo contigo si es que tienes algo de tiempo libre, y perder algo de todo el dinero que ha ahorrado durante los últimos tres años.

–Si está ansioso por perder su dinero, ¿por qué no se va a Las Vegas?

Justin gruñó.

–Ben dijo que allí hay demasiada gente, que

es demasiado sofisticado y demasiado deslumbrante.

–En eso tiene razón –corroboró Mitch.

–Así que, ¿podrías encargarte de conseguirle una habitación, por ejemplo en el hotel Bullock, avisando con poco tiempo?

–Seguro –Mitch dudó–. ¿A qué llamas poco tiempo?

–Sale mañana por la mañana, y debe llegar al anochecer.

Mitch movió la cabeza:

–Eso sí que es poco tiempo. ¿Por qué has esperado tanto para decírmelo?

Justin se rio:

–Le tendí la encerrona hace media hora. A Ben no le gustó.

–Tocado –rio también Mitch– Veré a ver qué puedo hacer en el Bullock.

–Gracias. Ben te buscará cuando llegue.

Hablaron durante unos minutos más sobre los negocios familiares, el rancho, el casino.

–Ah, y, Mitch, cuida de Ben por mí. Parece que ya está bien, pero odiaría que volviera a caer de nuevo –añadió Justin antes de colgar el auricular.

Magnífico, pensó Mitch, frunciendo el ceño al auricular. Le tocaba jugar a ser la niñera de un hombre de treinta años. Pensando que mejor sería que su nuevo papel no interfiriera con los planes que tenía con Maggie Reynolds, desconectó, marcó el teléfono del hotel Bullock, y consiguió sin problemas una habitación para Ben.

Maggie llevó a Karla en coche al trabajo el lunes por la mañana, como ya habían acordado con Mitch Grainger cuando llevó a Karla a su casa el viernes anterior por la tarde.

Maggie y Karla habían pasado tanto tiempo juntas aquel fin de semana que su incipiente amistad había logrado florecer realmente. Lo cual en opinión de Maggie era una suerte, porque de esa forma su interminable elocuencia podía atribuirse a la camaradería que las unía. Cada día que pasaba, el nerviosismo había ido creciendo en el interior de Maggie, hasta aquella misma mañana, en la que parecía que no se podía callar.

–¿Te encuentras bien?

Bueno, parecía que su coartada de la camaradería no había durado demasiado, pensó Maggie lanzando una ojeada a la mirada preocupada de Karla.

–Oh, estoy bien, de verdad –respondió Maggie en un tono confiado que trataba de dar credibilidad a su afirmación–. Supongo que estoy un poco nerviosa –¿un poco? Más bien un mucho, pensó

La mirada preocupada de Karla dio paso a una sonrisa.

–Supongo que es comprensible al empezar un nuevo trabajo –dijo–. Pero créeme, como ya te he dicho, no hay razón para estar nerviosa.

Confiar en Karla era fácil, pensó Maggie, sonriéndole. Durante todo el tiempo que habían compartido aquel fin de semana, Karla se había mostrado abierta y sincera al hablarle de sus cosas, su vida e incluso de las razones por las que no quería decirles a sus padres que estaba embarazada. Se había mostrado totalmente abierta al hablarle de todos los temas excepto de uno. Ni una sola vez había mencionado las circunstancias que rodearon su embarazo, o quién era el padre de la criatura que llevaba dentro.

Así que, obviamente, teniendo en cuenta las sospechas que Maggie tenía sobre la identidad de ese hombre, y aquel cosquilleo casi eléctrico que había sentido en su compañía, lo que la hacía dudar era si podría confiar en Mitch Grainger. Lo problemático era que no tenía ningún dato concreto en el que poder basar aquellas dudas. Todo lo que tenía eran sensaciones, las vibraciones que habían sentido sus sentidos cuando estaba en el interior de su oficina.

Sus sentidos podían haberla engañado. Ya, y también podía ganar un millón de dólares en la lotería, pensó mientras introducía el coche en el aparcamiento de los empleados. Era la hora de la verdad. Pronto descubriría si se había equivocado.

–El primer día es siempre el más difícil –dijo Karla mientras abría la puerta que daba acceso a su oficina, situada justo a la puerta de la de Mitch Grainger–. Así que cuanto antes empecemos, antes terminaremos.

–Creo que tienes razón –asintió Maggie, siguiendo a Karla al interior de la habitación, y sintiendo el aroma de café recién hecho.

Concentrada en escoger la indumentaria más adecuada para ese primer día, no había desayunado, ni siquiera había tomado un café. Se había probado y descartado tres modelos perfectamente adecuados hasta decidirse por su modelo favorito de americana y falda. El aroma del café hizo que los sentidos de Maggie reclamaran urgentemente una fuerte dosis de cafeína.

Pero su demanda no podría verse satisfecha, ya que Karla la informó de que no solo había sido su jefe el que había preparado el café, cuestión esta que en sí misma se prestaba a la especulación, sino que además se trataba de café descafeinado.

–Lo siento –dijo Karla con una sonrisa–. Pero Mitch insistió en que cambiáramos a café descafeinado cuando le dije que estaba embarazada... dijo que la cafeína era mala para el bebé.

«Oh–oh», pensó Maggie, sus sospechas se incrementaban, pero sonrió y añadió:

–No importa –dijo–. A mí tampoco me hará daño reducir el consumo de cafeína –excepto que serviría para tensar todavía más sus nervios, que estaban ya sonando como si se tratara de campanas desafinadas.

–Toma una taza –le ofreció Karla mientras se dirigía hacia la puerta que daba a la oficina–, y una pasta –añadió señalando una bandeja que había al lado de la cafetera con pastas de diversos tipos.

Hambrienta, Maggie se acercó a la bandeja y estaba a punto de servirse el café cuando oyó cómo Karla llamaba con los nudillos a la puerta y hablaba con el «jefe».

Mitch supo el minuto exacto en el que Karla y Maggie entraron al recibidor adyacente a la oficina. Lo sabía porque lo había estado esperando, y había dejado ligeramente abierta la puerta de su oficina.

Karla y Maggie estaban charlando. Mitch oyó a Karla decir algo relativo a que el primer día era el más duro. La afirmación era sin duda cierta en su caso: era su primer día con Maggie en la oficina, y ya estaba empezando a sentir la tensión.

Dichoso estúpido, se reprendió, disgustado con su propio cuerpo por la inmediata reacción ante el sonido de aquella voz, ante la mera idea de su presencia. Hacía años, muchos años, que su cuerpo no actuaba con independencia del control de su mente. Enderezándose en el sillón, Mitch trató de ignorar la charla que se oía al otro lado de la puerta, y se concentró en respirar profundamente mientras ejercía todo el poder de su mente con la intención de controlar sus reacciones físicas. Necesitó un número considerable de respiraciones, pero finalmente logró su objetivo. Y justo a tiempo, porque acababa de volver a posar la vista sobre los papeles que tenía sobre el escritorio cuando Karla golpeó la puerta con los nudillos y la abrió unos centímetros.

–¿Quieres un café, Mitch? –preguntó.

–Sí, Karla. Gracias.

Mitch estaba empezando a entender los datos que se reflejaban en el papel cuando Karla entró en la habitación. Levantó la cabeza para sonreírle y volver a agradecerle su amabilidad... solo que no era Karla, era Maggie la que se acercaba a su escritorio, con una humeante taza en sus manos.

–Buenos días –la saludó, sorprendiéndose a si mismo de la calma que mostraba su voz, teniendo en cuenta la sacudida que le había atravesado el cuerpo.

Aquella mañana, era obvio que Maggie sí se había vestido para impresionar. Al menos, a él había logrado impresionarle su apariencia. Se había echado hacia atrás su gloriosa melena rojiza, y llevaba un impecable traje de chaqueta azul, con una falda ni demasiado larga ni demasiado corta. Y debajo de la chaqueta llevaba... ¿Qué? Todo lo que Mitch podía ver bajo el triángulo formado por el cuello de la prenda era su piel, su pálida piel de aspecto tan cremoso y suave como la de su rostro. Mitch estaba a punto de estallar cuando ella interrumpió sus pensamientos.

–Buenos días –sonrió. Mitch tuvo que frenar su impulso de saltar del sillón, pasar por encima del escritorio, tomarla en sus brazos y apropiarse con sus labios de aquella sonrisa. Locura. Aquello era pura locura–. ¿Dónde quiere que deje esto?

–En cualquier sitio –recuperando la compostura, hizo sitio sobre el escritorio para que ella pudiera depositar la taza.

Maggie se inclinó para dejar la taza y Mitch pudo vislumbrar, a través del cuello de su chaqueta, el oscuro valle que formaban sus pechos. La boca se le hizo agua, y comenzó a sentir cómo se excitaba. Mitch se dijo a sí mismo que estaba frente a un grave problema.

–¿Va a querer algo más, señor? –su voz era demasiado calmada, demasiado controlada.

–Mitch –dijo él con determinación, deseoso de oírla pronunciar su nombre.

Ella pestañeó, con claras muestras de sorpresa.

–¿Disculpe?

Estás disculpada, pensó Mitch, sintiendo cómo se apoderaba de su cuerpo un excitante sentimiento de reto.

–Prefiero tutear a la gente con la que trabajo... Maggie.

–Pero... acabo de empezar a trabajar hoy –dijo como si aquello lo explicara todo.

–¿Tienes intención de cambiar de nombre mañana, o pasado mañana, o la semana que viene?

–Por supuesto que no –respondió ella lanzando chispas a través de sus magníficos ojos verdes.

A Mitch le encantó su reacción.

–Tampoco cambiará el mío –indicó en un tono especialmente pensado para añadir leña al fuego–. Tú seguirás siendo Maggie y yo seguiré siendo Mitch.

Ella le dirigió una mirada cortante. Él tuvo que contener una carcajada impulsiva. Oh, sí, era claro que iban a chocar, y él iba a gozar cada instante de aquellas colisiones.

–Si insistes... Mitch –dijo Maggie entre dientes.

Ella no había pronunciado su nombre como a él le hubiera gustado, pero bueno, se dijo Mitch, algo era menos que nada. Cualquier concesión que hiciera, por pequeña que fuera era una victoria.

–Insisto –dijo sintiéndose molesto por la ardorosa sensación que le producía aquella intrascendente conversación. Nunca, nunca había sentido nada ni remotamente similar a lo que aquella mujer le hacía sentir. Era endemoniadamente molesto.

–¿Algo más? –repitió ella omitiendo su nombre.

–Solo una cosa –dijo él, sacando una hoja de debajo de un montón de papeles–. Envié un fax a tu antiguo jefe el viernes para confirmar tus referencias –centró su mirada en el papel–. He recibido su respuesta hace menos de una hora.

–¿Y? –preguntó ella.

Echándose hacia atrás en el sillón, Mitch levantó la cabeza para confrontar su confiada y firme mirada.

–Las confirma al cien por cien –respondió él–. Podría incluso decirse que es una evaluación muy favorable.

Maggie inclinó la cabeza:

–Gracias.

Aunque su tono era neutro, sus ojos brillaron de satisfacción.

Mitch dejó que gozara de aquel instante de placer. Él había dudado de aquellas referencias y su verificación probaba que se las había ganado. Pasado ese momento, movió ligeramente la mano agitando el papel.

–Junto a las alabanzas, tu antiguo jefe expresa su decepción, su sorpresa y su desilusión ante tu súbita decisión de abandonar la compañía –mirándola fijamente para captar cualquier reacción, percibió cómo se tensaba levemente, y la señal de alerta de sus ojos–. Debo confesar que yo también tengo curiosidad por conocer tus motivos.

–Creo que ya los he explicado –dijo Maggie con voz tensa, dispuesta a reemprender la batalla.

–Ah, sí –murmuró Mitch, respondiendo al brillo retador de sus ojos–. Haber estado allí, haberlo hecho.

–Sí –su respuesta fue casi como una picadura. Había algo más que eso, Mitch estaba tan seguro de ello como lo estaba de que en invierno nevaría en Dakota. Había pasado demasiado tiempo desde que dejó Filadelfia hasta que llegó a Deadwood. Su intuición le decía que Maggie había estado huyendo de algo... o de alguien. Finalmente se decidió por creer que se trataba de alguien, y de que ese alguien era un hombre–. ¿Algo más... Mitch? –repitió por tercera vez con tono duro, y con mirada cortante.

Sin duda, pensó Mitch, tenía que haber sido un hombre. Si se hubiese tratado de otra cosa, algo inconfesable o ilegal, Maggie se mostraría a la defensiva, pero no. De hecho, todo lo contrario. Maggie estaba lista para contraatacar, de manera fría y desafiante.

Magnífico.

Aunque Mitch estaba deseoso de ver hasta dónde podía llegar su capacidad de desafío, decidió darle un respiro. Sí le gustara apostar, apostaría el casino a que si presionaba demasiado, recibiría una respuesta igual de contundente, probablemente encarnada en una acusación legal de abuso de poder. Aquel pensamiento le hizo sonreír. Maggie endureció aún más su mirada.

–¿Estás contenta con el apartamento? –el cambio de tema la tomó por sorpresa, tal y como él esperaba. Ella parpadeó, y él no pudo evitar fijarse en sus pestañas, sus largas y sensuales pestañas–. ¿Funciona todo bien?

–Sí, todo funciona –corroboró ella asintiendo con la cabeza–. Y estoy totalmente satisfecha con él –de pronto pareció recordar algo importante–. Si me dice cuánto es el alquiler, iré a firmar...

Mitch la detuvo con un rápido gesto de la mano. Mencionó la cifra, y añadió inmediatamente:

–Pero puedes firmar el cheque después.

–De acuerdo –levantó los ojos y preguntó una vez más–: ¿Hay algo más que pueda hacer?

–Solo una cosa –dijo él–. Después de que Karla y tu terminéis de tomar el café, dile a Karla que he dicho que quiero que te acompañe a dar una vuelta por el local, y que te presente a los otros empleados.

–Sí, se... –comenzó, pero se detuvo y exhalando un breve suspiro terminó–: Mitch.

Mitch siguió con regocijo los suaves movimientos del cuerpo de Maggie mientras se alejaba, pero una vez que hubo cerrado la puerta comprobó que todo su cuerpo le dolía. Sin embargo, estaba gozando aquel dolor y deseaba más.

Oh, sí, pensó, estaba metido en un buen lío.

Capítulo Cinco

Había estado jugando con ella. Desde la primera vez que se vieron, Mitch Grainger la había estado acosando. Pero, ¿por qué?

La pregunta la puso en una encrucijada emocional. No sabía si reírse o preocuparse. Nunca se había enfrentado a un hombre tan desconcertante. Por un lado, Mitch Grainger era arrogante, imperioso e irritantemente seguro de sí mismo y controlado. Por otro lado...

Pensándolo bien, ¿qué había en el otro lado?, a parte de la evidencia de que era obviamente inteligente, endemoniadamente atractivo, y con un magnetismo sexual masculino exultante. Maggie se burló de ella misma, sin saber muy bien qué era lo que él tenía que despertaba su sentido del humor.

El hombre era absolutamente imposible, pensó ella, sonriendo a Karla mientras salía de la oficina de Mitch Grainger.

Karla le devolvió la sonrisa frunciendo el ceño.

–¿Va todo bien? –preguntó con ansiedad–. Has estado ahí un rato larguísimo.

–Todo va bien –dijo Maggie, pensando: «café, café, aunque sea sin cafeína», mientras se dirigía hacia la cafetera–. El señor Grainger me ha dicho que ha estado comprobando mis referencias –se volvió con sonrisa pícara–. Me ha dicho que han sido muy buenas.

Karla le devolvió la sonrisa.

–Sabía que lo serían –sonó el teléfono–. Tómate el café y unas pastas –dijo indicando hacia la mesa antes de descolgar el auricular y decir–: Soy Karla.

Maggie estaba devorando con satisfacción una pasta de canela cuando Karla colgó el teléfono. Entonces recordó las instrucciones de Mitch.

–Oh, casi se me olvida. No, de hecho se me olvidó –bromeando, se paró para tomar un sorbo de la bebida caliente–. El señor Grainger me dijo que te dijera que me enseñaras este lugar.

–Oh, bien –se rio Karla–. Estaba empezando a sentir la necesidad de estirar un poco las piernas –sonó el teléfono. Karla hizo girar sus ojos–. Nos escaparemos en cuanto termines –estirando una mano hacia el teléfono, con la otra señaló hacia una tarjeta de identificación similar a la que ella llevaba, y volvió a levantar el auricular.

Se escaparon unos minutos después, y Maggie llevaba prendida en la chaqueta una tarjeta con su nombre y apellido.

–A partir de ahora debes llevar siempre puesta

la tarjeta de identificación cuando estés dentro de este edificio –dijo Karla.

–De acuerdo –dijo Maggie asintiendo con la cabeza. Entonces, de pronto, se paró–. ¿Quién contestará al teléfono mientras nosotras no estemos? –preguntó lanzando una mirada de preocupación hacia la puerta cerrada de la oficina de Mitch.

–Si yo no contesto a la tercera llamada, lo hará Mitch –dijo Karla saliendo de la oficina delante de Maggie.

Milagro de los milagros, un jefe que se dignaba a contestar su propio teléfono, pensó Maggie incapaz de pensar en ninguno de sus jefes anteriores que hiciera lo mismo. Si ella se ausentaba de la oficina aunque fuera por un segundo para ir al baño, otra secretaria de menor categoría ocupaba su puesto.

¿Por qué aquella insignificante muestra de la aparente voluntad de Mitch de hacer las cosas por sí mismo la impresionaba? No tenía ni idea, pero lo cierto era que lo hacía.

Maggie no pudo dedicar mucho tiempo a sus reflexiones porque Karla empezó enseguida a presentarle a gente.

La primera puerta a la que llegaron daba a otro conjunto de oficinas, similares, aunque algo más pequeñas, a las de Mitch y Karla. La primera oficina estaba ocupada por un hombre joven y apuesto llamado Roger Knolb. Karla lo presentó como el ayudante del gerente del casino, un tal Rafe Santiago. Rafe era el segundo de abordo, después de Mitch.

–Verás a Rafe más tarde –dijo Karla despidiéndose de Roger con la mano mientras salían de la oficina–. Hace el turno de noche y no llega hasta cerca de las cinco.

Maggie le dirigió una mirada de sorpresa.

–Entonces ¿por qué está Roger aquí ahora, tan pronto?

–Para encargarse de los asuntos que surgen durante el día –explicó ella–. No olvides que la mayor parte del resto del mundo de los negocios sigue el horario de nueve a cinco. Rafe pasa la mayor parte del tiempo en el casino, podríamos decir que actuando como los ojos de Mitch.

Fueron pasando de una habitación a otra, los servicios, el archivo, la oficina de seguridad y la habitación donde se hacía el recuento del dinero. Allí Karla se paró a un paso de la puerta junto a un guardia de seguridad. Aunque Karla le explicó brevemente a Maggie de qué se trataba, la explicación no era realmente necesaria. El procedimiento era obvio. Maggie observó la actividad que desarrollaban, nunca en su vida había visto tanto dinero junto.

Desde el segundo piso bajaron hasta la planta baja. Como ya había hecho en la sección de oficinas, Karla fue presentándola a todos los empleados que se encontraban. Aunque todos los empleados eran muy amables, había algo que la desconcertaba, porque todos ellos, desde el jefe de planta hasta el camarero, se referían a su jefe por su nombre. A todos los sitios a los que iban se hablaba de que si Mitch esto, Mitch lo otro, en un todo al mismo tiempo informal y respetuoso.

Aquello era cada vez más extraño, pensó Maggie.

–¿Te preocupa algo? –preguntó Karla mientras se dirigían a la zona más lejana del casino–. Pareces confundida con respecto a algo.

–No me preocupa –respondió Maggie tratando de aclarar rápidamente lo que pensaba–. Tan solo es... bueno, me resulta un tanto extraño que todos los empleados llamen al señor Grainger por su nombre.

–Oh, es eso –rio Karla–. Por lo que yo sé, Mitch siempre ha sido partidario de que todo el mundo en la empresa se tuteara. Nunca ha jugado a ser el «Gran Hombre». Y por lo que yo sé, la mayoría de los empleados no solo lo respetan, sino que lo aprecian de verdad.

–Pero... ¿esa informalidad no puede dar pie a que la gente se aproveche? –preguntó Maggie.

Karla sonrió.

–Con cualquier otra persona es posible que fuera así. Pero todo el mundo conoce perfectamente a Mitch. Es justo y generoso, pero exige absoluta lealtad. Verás, es que valora mucho la confianza –se paró, una extraña sombra pareció oscurecer sus suaves ojos, y añadió una delicada advertencia–: Pero no te engañes, Mitch puede ser implacable con cualquiera que traicione su confianza.

Qué irónico, pensó Maggie. Aquel hombre obsesionado con la confianza mientras que ella había llegado a la conclusión de que no podía o no debía confiar en ningún hombre.

–Intimida ¿eh? –dijo Maggie preguntándose por qué se habría ensombrecido la mirada de Karla.

–Y tanto –dijo Karla recuperando su talante risueño–. Yo me sentía tan intimidada por él, que pasé mucho tiempo trabajando aquí antes de llegar a ser capaz de llamarlo por su nombre, y eso fue solo hace un par de meses.

¿Un par de meses?, se preguntó Maggie atónita. Entonces, eso solo podía significar que... Echó una rápida ojeada al vientre de Karla. Eso solo podía significar que estaba totalmente equivocada al creer que Mitch podía ser el padre del bebé de Karla. Lo cual significaba que la preocupación que Mitch mostraba por Karla era la de un amigo cariñoso y preocupado, además de su jefe, y que Maggie lo había estado acusando sin razón. La inundó un sentimiento de alivio que fue aumentando por momentos. El porqué sentía ese alivio era algo que Maggie no podía, o mejor aún, no quería indagar. Evitando profundizar en su reacción ante el comentario jocoso de Karla, Maggie se dijo a sí misma que se sentía aliviada simplemente porque podía descartar sus sospechas y eso reduciría la tensión de trabajar con Mitch.

Desde el casino se dirigieron al restaurante, donde se enteraron de que Mitch ya había pedido el almuerzo.

Mitch levantó la cabeza al oír cómo se habría la puerta de la oficina de Karla, y escuchó el murmullo de voces femeninas. Ya estaban de vuelta. Un cosquilleo de excitación descendió por la espalda de Mitch. «Ella» había vuelto. Se reprendió a sí mismo al descubrirse tratando de distinguir la voz de Maggi a través de la puerta cerrada de su oficina. En ese momento alguien llamó a la puerta. Sin querer que se notara su expectación, Mitch bajó la cabeza y aparentó concentrarse en el estudio del papel que tenía frente a él.

–Adelante –dijo, seguro de que sería Karla llevándole el almuerzo, y soñando con que fuera Maggie. Giró el picaporte y la puerta se abrió.

–Traigo el almuerzo que pediste al restaurante… Mitch.

Maggie.

Mitch no necesitó oír su voz. Sabía que era ella desde el momento mismo en que entró en la oficina. Había sentido su presencia, la misma atracción explosiva de energía sexual que había sentido desde el principio. Y ella también la había sentido, podía verla reflejada en sus ojos, y...

–Gracias, Maggie –dijo disfrazando sus sentimientos bajo una máscara.

Recogió la pila de papeles y la correspondencia la puso a un lado, haciendo sitio en una zona del escritorio. Echó para atrás el sillón y se levantó con la intención de tomar la bandeja en la que ella llevaba la comida.

–No te preocupes –dijo ella dirigiéndose rápidamente hacia el escritorio para depositar la bandeja–. Y de nada –añadió deseosa de que le diera permiso para marcharse.

Oh, sí, pensó Mitch, Maggie sentía la misma desgarradora atracción que él sentía, pero no le gustaba. No importaba, ya le gustaría, se prometió Mitch a sí mismo. Llegaría a gustarle tanto como sabía que le gustaría a él.

Divertido por la incomodidad que notaba en ella, le dijo señalando con una mano a uno de los sillones que tenía frente al escritorio:

–Siéntate.

–Pero... se te va a enfriar el almuerzo –dijo mostrando consternación en sus bellos ojos verdes.

Buen intento, pensó él, aplaudiéndole en silencio.

–No importa. Ya está frío –ella se quedó paralizada. Él redujo la presión... un poco–. He pedido un sándwich frío y una bebida fría –inclinó la cabeza hacia la caja de cartón cerrada y hacia el vaso de papel encerado con tapa que había sobre la bandeja–. Así que por favor, Maggie, siéntate –aunque lo expresó con educación, se trataba de una orden. Aun así ella dudó, la incertidumbre se reflejaba en sus ojos, en su expresión. Manteniéndose firme, Mitch la siguió con la mirada mientras se sentaba–. Así está mejor –levantó una ceja–. ¿Tú y Karla habéis almorzado?

–Sí

«Oh, Dios mío», pensó él. Su voz hacía que le temblara todo el cuerpo. Mitch asintió con la cabeza y se aclaró la garganta.

–Podemos hablar mientras yo como –alargó la mano para agarrar la caja que contenía el sándwich–. Si no te importa.

Ella respondió con un rápido movimiento de cabeza.

Déjalo, Grainger, antes de que la asustes y se marche, se advirtió a sí mismo mientras se preguntaba adónde demonios se habría ido su capacidad de autocontrol.

Abriendo el embalaje, sacó un sándwich triangular relleno de pavo.

–¿Quieres un poco? –preguntó en un tono que consideró notablemente calmado teniendo en cuenta lo que sentía.

–No, gracias –lo que casi fue una sonrisa besó los labios de Maggie. Mitch envidió a la sonrisa–. De hecho, yo también he tomado un sándwich de pavo para almorzar. Estaba muy bueno –mala suerte, pensó Mitch, mordiendo el sándwich. Le habría gustado verla comer–. ¿Querías hablarme de algo? –preguntó ella levantando las cejas.

Realmente no, lo que él realmente quería era... Tranquilo, muchacho, se previno Mitch a sí mismo.

Asintiendo con la cabeza, terminó de masticar y tragó antes de responder:

–Sí. ¿Qué tal tu recorrido por las instalaciones?

–Interesante –volvió a esbozar una media sonrisa–. Y un poco desconcertante. Y no solo el funcionamiento general del negocio. Karla me ha presentado a tantos otros empleados que se me mezclan todos sus nombres. Los únicos que recuerdo son los dos primeros, Roger y Rafe, y el último... Janeen.

Masticando un nuevo bocado del sándwich, Mitch volvió a asentir con la cabeza.

–Te llevará algún tiempo –dijo tras haber tragado. Bebió algo del refresco que tenía en el vaso, mientras trataba de pensar en algo más que pudiera decirle para retenerla en la oficina–, pero los aprenderás.

–Estoy segura –asintió ella, y de nuevo se impuso el silencio.

–¿Y va todo bien en el apartamento? –demonios, pensó Mitch, se estaba pasando y lo sabía. Aquella pregunta ya se la había hecho antes–. ¿Necesitas algo?

–No, todo está bien –entonces se tensó–. Pero sobre el pago del alquiler...

Él, con un movimiento de la mano, le quitó importancia al tema.

–Haz un cheque a nombre de la Corporación Grainger, y dáselo a Karla. Ella se encargará de todo.

–Está bien –Maggie se adelantó unos milímetros en la silla–. ¿Hay algo...?

–No –interrumpió él, dándose por vencido... por el momento–. Dile a Karla que tengo algunas cintas para transcribir más tarde, después de que termine de ver la correspondencia.

Frustrado, Mitch vio cómo Maggie salía de la oficina, sin saber que si se hubiera girado de pronto, habría podido ver un vehemente deseo sexual reflejado en sus ojos grises.

Cerrando cuidadosamente la puerta de la oficina de Mitch tras ella, Maggie se sintió aliviada al ver a Karla concentrada trabajando frente al ordenador. Se sentía tremendamente confundida. Sin decir una sola palabra ni hacer un gesto impropio, Mitch había sido capaz de transmitirle su deseo, sus intenciones. La deseaba, de la manera más primitiva que un hombre desea a una mujer. Ella sentía miedo... pero también la excitaba. Al levantar una mano pudo comprobar que los dedos le temblaban. Toda ella estaba temblando, temblando y... De nuevo volvió a quedarse sin aliento. Se sentía temblorosa y dolorida, tensa y caliente y húmeda en el mismo corazón de su feminidad.

«Ella también lo deseaba».

Maggie no pudo negar la evidencia por mas tiempo. Lo deseaba desde el mismo momento en que atravesó la puerta de su oficina el primer día y lo miró a los ojos y sintió el poder de su atractiva masculinidad. ¿Cómo podía haberle pasado aquello?, pensó. Con dedos temblorosos, Maggie tomó su bolso de la esquina del escritorio de Karla, donde lo había dejado antes de entrar en la oficina de Mitch con su almuerzo. Sintiendo cómo le temblaban las piernas, se dirigió hacia la puerta, hacia la libertad.

–Oh, Maggie –exclamó Karla haciendo que se detuviera–. No me había dado cuenta de que habías salido de la oficina de Mitch –su sonrisa se transformó en un gesto de preocupación–. ¿Te pasa algo? Tienes mala cara.

–Estoy bien –dijo Maggie–. Solo necesito ir un momento al lavabo –improvisó.

–Oh... –bromeo Karla–. Sé a qué te refieres –y señalando la puerta, añadió–: Ve, ya sabes dónde está.

Maggie atravesó la puerta como una exhalación, y casi se choca con Frank, uno de los guardias, y otro hombre, que estaban justo en la puerta.

–Oh, perdóname, Frank –dijo sintiéndose estúpida–. Tengo un poco de prisa –y siguió corriendo.

Una vez dentro del lavabo, Maggie se apoyó contra la puerta, tratando de controlar su respiración. «Esto es absurdo», pensó. Parecía una quinceañera enfrentándose a la perspectiva de su primera cita. Pero ¿qué podía hacer? ¿Sería capaz de controlar las sensaciones que Mitch le producía? Al mirar su reflejo en el espejo se asustó. Había perdido por completo el control. Debía tratar de controlarse. Se acercó al lavabo y se refrescó la cara. Después volvió a darse un poco de maquillaje. Se pintó los labios, y comenzó a sentirse mejor. A los pocos minutos, Maggie se miró de nuevo en el espejo y se sintió reconfortada por lo bien que le había quedado el camuflaje. Aquello le dio ánimos. No huiría. No huiría nunca más. Se quedaría, y no solo se enfrentaría a Mitch Grainger, sino también a su propia atracción por él. Dibujando una sonrisa de satisfacción, Maggie volvió a salir del lavabo y volvió a la oficina.

Capítulo Seis

Entrando en la oficina con cuidado para no molestar a Karla, Maggie se sentó en una silla frente a la mesa de escritorio, y sacando del bolso su chequera, comenzó a hacer un cheque por el importe del alquiler. Estaba cortando el cheque cuando Karla se volvió a ella y le sonrió.

–Oh, me alegro de que estés de vuelta –dijo, retirando hacia atrás la silla y levantándose–. Tengo... una urgencia –bromeó–. Ahora puedes ocuparte tú del teléfono.

–Mitch me ha dicho que te diera el dinero del alquiler –le dijo Maggie levantando el cheque.

Desde la puerta, Karla dijo:

–Déjalo sobre el escritorio. Me ocuparé de eso cuando vuelva.

Ocuparse del teléfono. «Genial, ¿y qué voy a hacer si suena el dichoso chisme? ¿Qué voy a decir? ¿Lo siento, pero soy nueva y todavía no sé ni una sola palabra del negocio? Bien, eso sí que causaría una buena impresión», pensó Maggie con una sonrisa mientras daba la vuelta a la mesa y se sentaba en la silla de Karla. Acababa de decidir que lo mejor que podía hacer era rezar para que el teléfono no sonara, cuando el dichoso cacharro lo hizo. Maggie miró el aparato preocupada mientras sonaba por segunda vez, y entonces recordando lo que había dicho Karla de que si no se contestaba a la tercera llamada, Mitch lo haría, tomó el auricular.

–Soy Maggie –dijo

–¿Maggie? ¿Qué le ha pasado a Karla? –preguntó la persona que llamaba, una mujer, en un tono helado y más bien desagradable.

Acostumbrada a contestar todo tipo de llamadas de todo tipo de personas, a Maggie no le impresionó, y de manera escrupulosamente profesional respondió:

–Karla no se encuentra en la oficina en este momento. ¿Puedo ayudarla?

–Sí –respondió la señorita «Altiva»–. Me puedes pasar con Mitch –no era una petición, era una orden.

–Veré si el señor Grainger puede atenderla –dijo dulcemente Maggie–. ¿Quién lo llama?

–Natalie Crane –el tono de superioridad de su voz daba a entender que ese solo nombre debía ser capaz de abrir todas las puertas.

–Espere, por favor –«bruja», pensó Maggie para sus adentros, apretando de inmediato la tecla de espera. Esperó deliberadamente a que pasaran treinta segundos antes de avisar a Mitch.

–Sí, ¿Karla? –el sonido de su voz reactivó la

tensión en el interior de Maggie. Por un instante su mente se quedó en blanco, y se le secó la garganta. «Idiota», se dijo a sí misma, aclarándose la garganta–. ¿Karla?

–Soy Maggie –respondió con rapidez–. Karla ha salido de la oficina.

Él bromeó:

–Una urgencia, ¿eh?

–Sí –no pudo evitar sonreír.

–¿En qué puedo ayudarte, Maggie?

Las ideas que se le ocurrieron no podían expresarse.

–Hay una llamada para ti en la línea dos... la señorita Natalie Crane.

Él guardó silencio un instante y luego con un tono seco que casi parecía un gruñido dijo:

–Líbrate de ella –y colgó.

«Oh, Dios mío», pensó Maggie

–Lo siento, señorita Crane, pero el señor Grainger está reunido y no puede atenderla ahora, ¿quiere dejarle algún recado?

–Sí –respondió la señorita «Altiva» fríamente–. Dígale que espero que me llame en cuanto termine la reunión.

Maggie dio un brinco cuando su interlocutora colgó de golpe el auricular.

–Bueno, que te vaya bien a ti también –murmuró sonriendo con satisfacción.

–¿Quién era?

Maggie se sorprendió al oír la voz de Karla,

porque no la había oído abrir la puerta de la oficina.

–Oh, Karla –dijo, ampliando la sonrisa–. ¿Te sientes mejor?

–Mmm –asintió Karla, y bromeó–. Al menos durante una hora, más o menos. ¿Con quién hablabas?

–Una mujer desagradable llamada Natalie Crane –respondió Maggie–. Exigía hablar con Mitch.

–La princesa «polo» –dijo Karla gesticulando.

–¿La princesa «polo»? –se rio Maggie–. ¿Por qué la llamas así?

Karla se rio también:

–Porque es fría como el hielo, y tiene muy poca sustancia –la risa dio paso a la preocupación–. ¿Qué ha dicho Mitch?

–Se ha negado a hablar con ella –bajó la voz–. De hecho me ha dicho que me librara de ella.

–No me sorprende –dijo Karla–. Puede ser tremendamente implacable a veces.

Terrorífico e implacable, pensó Maggie, reprimiendo un escalofrío. Magnífico. Lo extraño era que el escalofrío estaba compuesto a partes iguales por temor y... y... ¿acaso un toque de fascinación o excitación? Por supuesto que no, se dijo a sí misma, mientras que su mente especulaba con la posibilidad de que algunos de esos implacables momentos pudieran producirse cuando se encontraba en la cama, con una mujer. Más concretamente, ¿era Natalie Crane una de esas mujeres?

Aunque Maggie trató de reprimir su curiosidad, tuvo que preguntar:

–¿Y es implacable con esta mujer en especial?

–Sí –asintió Karla–. Ya ha llamado varias veces, pero él se niega rotundamente a hablar con ella.

Implacable, sin duda, pensó Maggie, sin que la respuesta de Karla hubiese saciado su curiosidad. Pero tratando de convencerse a sí misma de que aquello no era de su incumbencia, Maggie se contuvo y no le hizo a Karla más preguntas sobre el tema.

–¿Sigue su visitante todavía ahí dentro?

Maggie parpadeó.

–¿Visitante? –repitió, mientras se levantaba y daba la vuelta al escritorio para que Karla pudiera sentarse–. ¿Tiene un visitante?

–Sí –asintió Karla mientras se sentaba en la silla–. Frank lo trajo justo después de que tú salieras –se asombró–. ¿No los viste?

–Ah, sí –dijo Maggie–. Casi atropello a Frank. Pero tenía tanta prisa que no me fijé en el hombre que iba con él.

–Bromeas –exclamó Karla–. Diantre, yo me habría fijado en él en medio de una multitud.

Maggie se rio.

–¿Es guapo, eh?

–Y tanto –Karla, con gesto premeditadamente

exagerado, añadió poniendo una mano sobre su pecho–: Cálmate, corazón mío.

–Guau –dijo Maggie siguiéndole la broma–. No resisto la impaciencia... –se interrumpió al oír el sonido de voces masculinas justo antes de que la puerta de la oficina de Mitch se abriera.

El hombre que apareció en la puerta precediendo a Mitch era guapo, alto y delgado, pero su imagen no hizo que el corazón de Maggie se desbocara. El efecto se lo produjo Mitch al pararse bajo la puerta y mirarla con sus ojos grises antes de dirigirse a Karla.

Mitch presentó al hombre como Ben Daniels, un viejo amigo de la familia Grainger. Mientras se intercambiaban los saludos de rigor, Maggie no pudo evitar notar el brillo en los ojos de Ben cada vez que miraba a Karla.

Interesante, pensó Maggie. Se preguntó si aquel interés de Ben se debería a una cuestión de carácter personal o a la mera curiosidad hacia el estado de buena esperanza de Karla y a la obvia ausencia de anillo.

–Karla, Ben va a pasar un par de semanas de vacaciones en la ciudad –dijo Mitch–. Le he dicho que tienes algunos folletos sobre las atracciones locales que puedes darle.

–Oh, desde luego, siéntate –lo invitó.

–Gracias, señora –dijo Ben sentándose en una de las sillas que había frente al escritorio.

–Vuelvo a trabajar, Ben –dijo Mitch–. Pásate por

aquí cuando quieras, y que tengas buena suerte en las mesas de juego –una pícara sonrisa curvó sus labios y tensó los músculos de Maggie–, excepto en las mías, claro está –haciendo un saludo informal, se dio la vuelta y se fue.

Maggie comenzó a sentirse como la tercera rueda en una bicicleta, y se retiró a la pequeña mesa que había utilizado la semana anterior para sentarse a rellenar la solicitud de trabajo.

–Ah, Maggie, ¿queda todavía algo de café? –preguntó Mitch volviendo a salir.

–Sí –Maggie echó una ojeada a la cafetera comprobando que el café había estado allí recalentándose desde la mañana temprano–. Pero debe estar ya amargo –añadió–. ¿Quieres que prepare otra cafetera?

–Sí... si no te importa –en su tono de voz y en el gesto de su cara había un tono burlón.

–En absoluto –dijo Maggie.

–Gracias –volvió a entrar en su despacho.

–De nada –al dirigirse hacia donde estaba situada la cafetera, Maggie pudo oír cómo Karla le explicaba a Ben Daniels la información que contenían varios folletos.

Ambos seguían todavía debatiendo las ventajas e inconvenientes de los distintos lugares de interés turístico cuando, minutos más tarde, Maggie llevó una taza de café recién hecho al despacho de Mitch.

–Huele bien, gracias –dijo Mitch mientras

ella situaba la taza en el escritorio a una distancia accesible. Sus ojos grises adquirieron un brillo travieso–. Pero echo de menos el toque de cafeína.

Maggie se rio.

–Sé lo que quieres decir, yo me he reforzado con dos tazas de café auténtico durante el almuerzo.

–Qué afortunada. Supongo que eso es lo que yo debería haber hecho –sorbió con cuidado–. Pero con esto bastará.

Tomando la frase como una despedida, Maggie asintió con la cabeza y se dio la vuelta para retirarse.

–Si quieres una segunda taza no tienes más... –comenzó, pero se interrumpió de pronto al recordar la llamada que ella había contestado–. Ah, sí –dijo volviéndose para mirarlo–. La señorita Crane dejó un recado diciendo que la llamaras.

Mientras daba otro sorbo al café, Mitch murmuró algo que sonó sospechosamente como una sugerencia de lo que la señorita Crane podía hacerse.

–¿Disculpa? –preguntó Maggie convencida de que no lo había oído correctamente.

–No importa –el brillo en los ojos de Mitch adquirió un toque maligno–. No creo que quieras que repita mi comentario. No me gustaría ofender tu delicada sensibilidad.

Así que lo había oído bien, pensó Maggie mirándolo fijamente y contestándole con voz cortante:

–Supongo que he oído cosas peores.

–Mmm –murmuró él llevándose a los labios la taza de café. Bebió de ella y después levantó la taza–. ¿Dijiste algo sobre la posibilidad de una segunda taza?

–Sí –avanzando, extendió las manos para tomar la taza vacía. La punta de sus dedos acarició las manos de él. El leve roce de la piel de él le causó un cosquilleo. Necesitó hacer uso de toda su fuerza de voluntad para no retirar de golpe la mano–. Yo...eh...estaré de vuelta en un minuto –dijo agarrando la taza y saliendo rápidamente de la habitación.

Tal vez era su imaginación, pero Maggie habría jurado que había oído el cálido sonido de la risa contenida de Mitch.

Con sorpresa comprobó que Karla y Ben continuaban conversando amigablemente. Sin hacer ruido, Maggie atravesó la habitación hasta llegar a donde estaba la cafetera y volvió a llenar la taza de Mitch. Comprobó divertida que ni Karla ni Ben parecían percatarse de su presencia mientras regresaba al despacho de Mitch. Una vez más, Maggie llegó hasta su escritorio y colocó la taza al alcance de su mano, mientras sentía un cosquilleo en la espina dorsal provocado por la intensidad con la que él miraba cada uno de sus movimientos. Demonios, ¿cómo era posible que ese hombre lograra que se sintiera nerviosa y agitada con solo mirarla?, se preguntó Maggie, haciendo acopio de fuerzas para enfrentar su mirada.

–Gracias.

El sonido sexy de su profunda voz inyectó adrenalina al sistema nervioso de Maggie.

–De nada –respondió en un susurro–. ¿Alguna otra cosa más?

–Sí –sonrió, despacio, de forma sensual, enviándole un mensaje silencioso que le erizó el pelo de la nuca. Agarrando un montón de papeles se los ofreció–. Hay que contestar este grupo de cartas con un acuse de recibo formal. Karla te enseñará cómo se hace.

Milagro de los milagros, un jefe que contestaba al teléfono y que se hacía cargo de la correspondencia, pensó Maggie mientras evitaba con cuidado volver a tocarlo al agarrar los papeles. Al notar cómo ella trataba de evitar el más mínimo roce, los ojos de Mitch centellearon con picardía. Sintiéndose al mismo tiempo molesta y divertida, Maggie se retiró. Esta vez sí estaba segura de haber oído una suave risita mientras salía de la habitación. La certeza de que Mitch estaba tratando de seducirla la hizo temblar, y se sintió aliviada al cerrar la puerta tras de sí.

Afortunadamente Karla ni la vio ni la oyó. Sola en la oficina, la mujer embarazada estaba sentada rígida como una piedra, con la mirada perdida en el infinito, y con una expresión cándida en su bello rostro. Maggie se situó a un lado del escritorio.

–¿Karla?

–Oh, Maggie –pestañeó Karla.

–Tienes un aspecto extraño –dijo Maggie preocupada–. ¿Te encuentras bien?

–Sí… –dijo, sonrojándose–. Sí, estoy bien. De verdad –se rio–. Ben nos ha invitado a las dos a cenar. Por favor, di que vendrás.

–Bueno, por supuesto que iré, pero…

–Creo que es un hombre magnífico –añadió rápidamente Karla. Bajando la vista miró hacia su vientre y suspiró–. Creo que le gustas.

Maggie no pudo evitar sonreír al oír aquello. Desde el principio le había parecido obvio que Ben se había fijado en Karla.

–Lo dudo mucho –dijo ella–. Apenas me ha mirado. Tal vez solo desee compañía femenina

–Tal vez tengas razón –asintió Karla, sintiéndose de nuevo más animada–. Es tan agradable, tan dulce y amable.

–Es un demonio –dijo Mitch con convicción.

Ninguna de las dos mujeres se había dado cuenta de que había abierto la puerta. Maggie saltó. Karla se quedó paralizada por la sorpresa.

–Perdonad si os he asustado –se disculpó, aunque en su tono no se notaba el arrepentimiento.

–Lo que has dicho sobre Ben es algo terrible –le reprochó Karla, con los ojos nublados por el desencanto–. Creí que habías dicho que se trataba de un amigo de la familia.

–Y lo es, pero eso no quita que siempre haya sido un demonio con las mujeres –respondió Mitch–. Aunque debo admitir que Justin asegura que Ben ha cambiado sus hábitos en los últimos años.

–¿Justin? –preguntó Maggie, confusa por la aparición de un nuevo nombre, aun sabiendo que aquel no era asunto suyo.

–Justin Grainger –respondió Karla–. El hermano de Mitch. Es el que dirige la granja de caballos de la familia en Montana.

–Ben trabaja para Justin –añadió Mitch.

–Está bien, ya lo he comprendido– dijo Maggie–. ¿Pero por qué querías que supiéramos cuál es la reputación de Ben?

Mitch le lanzó una mirada dura.

–He oído decir a Karla que os ha invitado a las dos a cenar.

Bingo. Maggie levantó una ceja.

–¿Y?

–Pensé que deberíais saber la fama que tiene en relación a las mujeres.

–Solo es una cena, Mitch –protestó Karla, con un tono por el que Maggie dedujo que si Mitch decía que no debían ir, no irían.

Un demonio, pensó Maggie. No iba a permitir

que Mitch decidiera de qué forma o con quién debían pasar su tiempo libre ni ella ni Karla.

–Y vamos a ir –afirmó Maggie con convicción retadora.

La esperanza que apareció en los ojos de Karla reforzó la decisión de Maggie. Todo aquello resultaba tan tonto realmente, pensó mirando a Mitch. ¿Qué mal podía haber en que cenaran con aquel hombre?

Mitch cedió.

–Por supuesto que no puedo impedir que vayáis. Lo que hagáis en vuestro tiempo libre es cosa vuestra.

–Ciertamente, lo es –Maggie le mantuvo la mirada que seguía siendo implacable.

–Solo debéis tener cuidado –advirtió, volviéndose para entrar de nuevo en su oficina.

–Siempre lo tengo. Y cuidaré también de Karla –la afirmación de Maggie lo detuvo en la puerta.

–Eh –gritó Karla–. Puedo cuidar de mí misma.

–Seguro –dijo él mirando hacia su vientre.

Karla se sonrojó.

Maggie intervino.

–Todos cometemos errores –dijo en defensa de Karla, aunque pensando en su propio error por haber confiado en Todd y por haber creído que estaba enamorada de él–. Apuesto a que tú mismo habrás cometido alguno.

–Algunos –admitió, y dando el tema por concluido entró en el despacho y cerró la puerta.

–Guau –dijo Karla en señal de admiración–. Nunca había oído a nadie hablarle así antes.

–Oh, por Dios –dijo Maggie girando los ojos–. Es un hombre, no un dios.

–Es el jefe –le recordó Karla.

–No de mi tiempo libre, ni del tuyo –rebatió Maggie–. Y no para decidir con quién debemos pasar ese tiempo. Sin embargo, creo que ahora sí estamos en su tiempo, así que será mejor que nos pongamos a trabajar.

Demonios, esta vez sí que había metido la pata, pensó Mitch. Debería haber supuesto que Maggie lo desafiaría, incluso en su primer día de trabajo. Diantre, ¿acaso no había estado desafiando calladamente su autoridad desde el primer día que entró en la oficina? ¿Y no era esa capacidad de desafío uno de sus principales atractivos?

A pesar de su frustración, Mitch no pudo evitar sonreír, pero pronto su sonrisa se transformó en un gruñido ante la posibilidad de que Ben, como él mismo, se hubiera percatado al instante de los múltiples atractivos de Maggie. ¿Qué otra razón podía haber tenido para proponer tan rápidamente que las dos mujeres lo acompañaran a cenar? Mitch ya había descartado la idea de que Karla pudiera ser la razón del interés de Ben. No porque no considerara que Karla era atractiva, era una mujer encantadora tanto externa como internamente, pero como estaba en avanzado estado de gestación, dudaba de que hubiese podido hacer sombra a Maggie. No, Mitch estaba convencido de que Ben se sentía atraído por Maggie, y la imagen de ambos, posiblemente juntos y solos en el apartamento de Maggie después de que Karla se hubiese ido a dormir, lo volvía loco.

Su imaginación se desbocó, con tintes eróticos, durante toda la noche… y durante las siguientes dos noches de aquella semana en las que Ben acompañó a las dos mujeres. Mitch se enteró de las sucesivas citas porque las mujeres hablaban abiertamente de ellas. Y por lo que había oído, era posible que los tres se hubieran ido de excursión durante aquel fin de semana.

El lunes siguiente, Mitch no estaba de excesivo buen humor. Habiendo visto cómo todos los planes que pensaba realizar con Maggie se habían frustrado con la llegada de Ben, había optado por mantenerse distante y frío en la oficina. Aquella actitud había hecho que Karla, algo temerosa, apenas se acercara a él de puntillas. Maggie, por su parte, se concentró en aprender cuáles iban a ser sus funciones con admirable efectividad, mostrando una reservada calma ligeramente velada por el brillo desafiante de sus ojos verdes.

En relación a su efectividad, Mitch no esperaba menos, tras haber recibido aquella encomiable referencia de su jefe anterior, pero a pesar de todo se había quedado impresionado por su eficacia, y por lo rápidamente que se adaptaba a la marcha del día a día en la oficina.

En cuanto a la mirada desafiante de sus ojos, ese reto que descubría cada vez que sus miradas se cruzaban, lo excitaba y lo enfadaba a un mismo tiempo. Era una situación enloquecedora para Mitch. Nunca jamás en su vida una mujer había llegado a irritarlo tanto, ni a despertar en él simultáneamente un instinto de posesión ni un deseo físico tan intenso. Algo tenía que romperse, y pronto, decidió Mitch. Solo esperaba que ese algo no fuera él.

¿Qué demonios le pasaba a aquel hombre tan irascible?, se preguntó Maggie al menos una docena de veces aquellas dos semanas de trabajo para Mitch Grainger. Estaba empezando a cuestionarse si Mitch podría tener múltiples personalidades. Era lo único que se le ocurría para explicar sus rápidos e inexplicables cambios de humor.

Cada día que pasaba, a Maggie le resultaba más difícil calificar a Mitch. Pero era sin duda mucho más complicado de lo que había pensado en un principio. ¿Duro como la piedra? Sí, lo era. ¿Con cierta arrogancia y capaz de intimidar? También. ¿Un hombre capaz de llevar las riendas? Al cien por cien.

Por otra parte, Mitch no consideraba un deshonor el preparar el café antes de que Karla y ella llegaran a trabajar por la mañana. Además contestaba el teléfono y revisaba la correspondencia cada vez que ellas estaban fuera de la oficina.

Por otra parte, Maggie se percató pronto de que había una pauta en las salidas que hacía Mitch aproximadamente cada dos días, en las que se ausentaba alrededor de una o dos horas. La tercera vez que lo hizo, Maggie expresó abiertamente su curiosidad:

–Oh, sale a hacer la ronda rutinaria por las instalaciones, las otras oficinas, el casino, incluso el bar y el restaurante... así se mantiene en contacto con los empleados –le explicó Karla–. No se trata de controlarlos –clarificó de inmediato–, sino de comprobar cómo les va, así mantiene abiertos los cauces de comunicación.

Llamándolos por su nombre, pensó Maggie, recordando su sorpresa cuando comprobó que todo el mundo llamaba al jefe «Mitch». Un camino de ida y vuelta de confianza y lealtad. Admirable... y además muy inteligente.

Casi contra su voluntad, Maggie sintió que aumentaba su respeto por aquel hombre, tanto como jefe y como persona.

Sin embargo, al mismo tiempo que su respeto por él aumentaba, continuaba haciendo que se sintiera incómoda. Y lo que más la desconcertaba a Maggie era el repentino cambio de actitud que había mostrado hacia ella, desde su juguetona actitud inicial hasta la posterior actitud de frío distanciamiento.

Pero a pesar de toda su aparente frialdad y la dureza de su voz, todavía podía percibir un destello de incontrolable pasión en sus ojos grises cada vez que sus miradas se cruzaban. Era enervante, porque lograba excitarla tanto que hacía que se sintiera febril y ardiente.

Maggie consideraba el trabajo de secretaria de dirección del jefe de una casa de juego como un reto interesante y diferente a lo que había hecho hasta entonces, pero trabajar para Mitch, el hombre de la voz de hielo y los ojos ardientes, ocho horas al día, cinco días a la semana, era un verdadero tormento aderezado con un generoso toque de atractivo peligro.

Cada vez que entraba en su oficina no estaba segura de lo que podría decir, y lo que resultaba todavía más desconcertante y secretamente más excitante, no estaba segura de lo que podría hacer. Para Maggie, cada vez que entraba en la oficina era como caminar por la cuerda floja, y la sorprendía que Karla no se percatara de la energía que electrizaba el ambiente. Pero lo cierto era que Karla, aunque concienzuda a la hora de explicarle todo lo relativo al trabajo, vivía en una nube rosa, sin ojos más que para Ben. Era obvio que Ben también se sentía atraído por Karla. De hecho, la segunda noche que salieron con él, Karla había aceptado la primera impresión de Maggie de que el interés de Ben siempre había estado destinado a ella. Y sin embargo, después de su tercera cena con Ben, cuando Maggie había sugerido que en las siguientes citas quedaran ellos dos solos para que pudieran pasar algún tiempo juntos, Karla se había negado. Su desastrosa experiencia con el todavía desconocido padre de su hijo continuaba haciéndola dudar sobre las verdaderas intenciones de Ben.

Aunque comprendía perfectamente las dudas de Karla, la impresión que Ben le daba a Maggie era la de un hombre sensato y honesto en el que se podía confiar. Y su impresión inicial se vio corroborada el día que Ben le sugirió a Karla, como la propia Maggie había hecho ya con antelación, que les comunicara a sus padres su estado. Pero las impresiones podían ser falsas, se dijo a sí misma. ¿Acaso no había confiado ella en Todd?

Su segunda semana en la oficina fue una auténtica tortura para Maggie. Queriendo evitar que Karla tuviera que ir de un lado para otro, dado que su estado hacía cada vez más evidente la dificultad que tenía para sentarse y levantarse de la silla, Maggie se responsabilizó de acudir a la oficina de Mitch cada vez que este las llamara. Solamente el hecho de cruzar la habitación era una progresiva tortura para Maggie, que se sentía impactada, debilitada por el efecto de las olas cargadas de electricidad magnética derivadas de la atracción física que ambos emanaban. Las sensaciones sensuales que sentía en su interior la dejaban sin respiración, excitada, desmoralizada. Cada vez, Maggie salía de la oficina de Mitch sintiéndose agitada, hambrienta, deseosa de... No merecía la pena pensar en ello.

Al llegar el viernes, Maggie estaba empezando a considerar seriamente la posibilidad de lanzarse a los brazos de Mitch, ofreciéndose a la ardiente pasión de sus ojos, aunque solo fuera para terminar con aquella agonía de los sentidos. Pero por supuesto que Maggie no hizo nada de eso. Al fin llegó la hora de marcharse el viernes, y con ella llegó Ben Daniels. Iba a llevarlas a ella y a Karla a cenar fuera por última vez antes de irse a la mañana siguiente de vuelta a Montana. Aunque Ben le había prometido firmemente a Karla que volvería a Deadwood en diciembre y que estaría junto a ella en el nacimiento de su hijo, Karla estaba triste ante la inminente partida de Ben.

Maggie estaba riéndose y charlando animadamente con Ben, que se mostraba también animado en un intento por levantar el ánimo de Karla, cuando se abrió de pronto la puerta de la oficina de Mitch.

–Hola, Ben –saludó Mitch en un tono bastante frío para el gusto de Maggie–. ¿Te vas mañana?

–Sí –dijo Ben con cierta tristeza pero logrando esbozar una sonrisa–. Así que esta noche Karla, Maggie y yo vamos a tirar la casa por la ventana.

–Lo siento, pero desgraciadamente voy a tener que estropearos la fiesta –evitando la mirada de sorpresa de Maggie se volvió hacia Karla–. Acaba de llegar un fax que requiere una respuesta inmediata. Necesito que te quedes hasta tarde, Karla.

–Esperaremos –ofreció Ben de inmediato–. ¿No es cierto, Maggie?

–No –respondió rápidamente Maggie, notando cómo aparecían lágrimas de decepción en los ojos de Karla–. Id vosotros dos. Yo me quedo –se ofreció, confundida por el destello que partió de los ojos de Mitch–, bueno, es decir, si a ti te parece bien.

–Sí, por supuesto –dijo Mitch, con voz extraña, casi sorprendido.

–Oh, pero... –comenzó a decir Karla, en señal de protesta.

–No hay peros que valgan –atajó Maggie–. Sé dónde vais a estar. Tal vez pueda unirme a vosotros más tarde.

–Bueno... si insistes –dijo Karla dudosa, mirando a Ben para ver qué pensaba.

–¿Estás segura, Maggie? –preguntó Ben–. De verdad que no nos importa esperar.

–Id, marchad –dijo Magie exasperada por su indecisión cuando ella sabía que deseaban estar juntos y solos, especialmente aquella última noche de las vacaciones de Ben.

–Hasta la vista, Ben –dijo Mitch, interceptando un enigmático intercambio de miradas entre Maggie y Karla antes de volver a meterse en su despacho.

–Sí, hasta la vista –respondió Ben mientras lo veía marchar–. ¿Estás lista, Karla? –le preguntó agarrándola por el brazo. Karla parecía indecisa.

–¿Os vais a ir de una vez? –dijo Maggie con un sonoro suspiro–. Estáis perdiendo un tiempo precioso. Nunca acabaré el trabajo si seguimos así.

–Está bien... –accedió Karla.

–Vete –le ordenó Maggie.

Satisfecho, Ben le dirigió a Maggie un gesto de agradecimiento, mientras salía del brazo de Karla. Maggie respondió con una sonrisa, pero la sonrisa desapareció tan pronto como ambos traspasaron el marco de la puerta.

El tema de si sería capaz o no de realizar el trabajo no la preocupaba. Su verdadera preocupación era si sería capaz de resistir a solas con su jefe. De hecho, lo que en realidad la preocupaba no era si podría resistir a su jefe, sino si querría hacerlo.

Respiró hondo, y girando sobre sus talones se dirigió hacia el despacho de Mitch. Él estaba de pie frente a su escritorio con expresión contemplativa. Sonrió levemente al ver acercarse a Maggie.

–Al fin solos.

Capítulo Siete

«¿Solos al fin?».

Repentinamente sorprendida por la afirmación de Mitch, Maggie lo miró presa de la incertidumbre. ¿Habría sido la referencia a la necesidad de responder urgentemente a un telegrama recién llegado solo una excusa para lograr estar a solas con ella?

La excitación se apoderó de ella. Sin embargo, Maggie rechazó esa posibilidad nada más planteársela. Mitch había pedido a Karla que se quedara, y no tenía ni idea de que ella se fuera a ofrecer a quedarse en su lugar.

Entonces, por qué había dicho...

–Que no te dé un ataque, Maggie –dijo Mitch, girándose para recoger el fax de encima de su escritorio–. Confía en mí, no tengo intención de tenderte una emboscada.

–No me iba a dar ningún ataque –lo informó Maggie, arqueando una ceja con desdén–. Y yo no confío en ningún hombre –dijo con énfasis.

Él se quedó petrificado un instante, como si le hubiese ofendido, después afloró a sus labios una extraña sonrisa y, levantando una ceja, preguntó:

–¿Ni siquiera Ben Daniels?

–Ben es muy agradable, amable y es una buena compañía –dijo Maggie, preguntándose qué tendría que ver Ben con todo aquello–. Pero no deja de ser un hombre.

–Ya veo –murmuró–. Ya te tendieron una emboscada con anterioridad y las heridas están todavía frescas.

Bueno, aquella era una descripción bastante acertada, pensó Maggie. Se había sentido traicionada al leer aquella dichosa nota que le había escrito Todd, y las heridas emocionales todavía no habían cicatrizado, a pesar de haber aceptado que no estuvo nunca enamorada de él. Pero, claro estaba, no iba a admitir nada de eso delante de Mitch.

–El revelar aspectos de mi vida privada pasada y presente, ¿forma parte del trabajo? –preguntó levantando una ceja al igual que había hecho él.

–No, claro que no –aceptó Mitch–. Lo que hagas en tu tiempo libre es cosa tuya –logró dibujar una pequeña aunque genuina sonrisa–. Siempre y cuando sea legal.

–Me alegro de oír eso –señaló Maggie–. Siendo así –añadió mirando al fax que él tenía en la mano–, sugiero que nos dediquemos al negocio que tenemos entre manos.

Mitch no pudo evitar reírse.

–No pierdes fácilmente la calma, ¿no es

cierto? –le dijo repasándola de arriba abajo con la mirada.

–No pierdo la calma nunca –respondió, consciente de que aquella era una de las mayores mentiras que había dicho en su vida, ya que el calor y el deseo que mostraban los ojos de Mitch hacían que se derritiera.

–De acuerdo –asintiendo con la cabeza, levantó el fax–. Esto llegó hace pocos minutos. Es de Adam. Necesita cierta información sobre nosotros... mucha información, y la necesita antes del domingo por la mañana.

Naturalmente para entonces, tras dos semanas de trabajo allí, Maggie ya sabía que Adam Grainger era el presidente de la Corporación Grainger, y por tanto el coordinador de las diversas operaciones. Tomando el fax que Mitch le ofrecía, leyó con cuidado las instrucciones y tuvo que concluir que Mitch tenía razón. Su hermano quería mucha información. Tras leer el fax una segunda vez, Maggie alzó las cejas en señal de curiosidad.

–Adam se ha enterado recientemente de que un casino está teniendo dificultades financieras –dijo Mitch respondiendo a su pregunta no formulada. Añadió el nombre de una serie de cadenas de casinos. Para Maggie, que solo había oído hablar de los casinos más conocidos, aquellos nombres no significaban nada, y así se lo hizo saber a Mitch–. No importa –alegó Mitch–.

Lo que importa es que Adam ha oído que el grupo está planeando declararse en bancarrota. Ha contactado con el presidente del grupo esta mañana, sugiriéndole la posibilidad de que la Corporación Grainger los absorba –sonrió–. Deben estar deseosos de deshacerse del muerto, porque han fijado una reunión para el lunes por la mañana. Naturalmente, Adam quiere estar bien preparado, con datos, y a eso se debe la urgencia de su demanda.

Lógico, pensó Maggie. Se sentía especialmente satisfecha por la confianza que mostraba la extensa explicación dada por Mitch, cuando en realidad habría bastado con que le hubiese ordenado buscar la información, sin explicarle para qué la quería.

–Entonces creo que lo mejor es que me ponga a trabajar –dijo ella.

Como era de esperar, recopilar y preparar toda la información solicitada fue un proceso lento y trabajoso. Inmersa en el trabajo, Maggie apenas era consciente de la presencia de Mitch moviéndose de un lado para otro en su despacho. A través de la puerta abierta del despacho podía oír cómo hablaba por teléfono. Algo más tarde, lo vio salir de la oficina, y pensó que se dirigía a hacer una de sus visitas rutinarias a los empleados.

–Ha llegado la hora de hacer un descanso, Maggie.

Ella, que no lo había oído entrar de nuevo en la oficina, se sobresaltó al oír su voz. No tenía ni idea de cuánto tiempo había estado fuera.

–Acabo de terminar de recopilar la información, y estoy lista para empezar a enviarla por fax –al girarse, dando la espalda al monitor del ordenador, pudo ver que Mitch llevaba una bandeja sobre la que había unos platos cubiertos.

–He traído la cena –dijo alzando la bandeja–. Deja eso para después y ven a comer.

Agradecida por la oportunidad que se le ofrecía para estirar los músculos del cuello, la espalda y las piernas, Maggie se levantó. Lo siguió hasta el interior del despacho, hasta la pequeña mesa que había entre las dos ventanas alargadas que daban a la calle principal.

Mitch dejó la bandeja sobre la mesa, y acercó uno de los sillones de cuero para que se sentara Maggie.

–Tú relájate –le ordenó con amabilidad–. Yo haré de camarero.

Acomodándose en el confortable sillón, Maggie le dirigió una sonrisa.

–¿Esperas que te dé propina?

–Sin duda –le respondió devolviéndole la sonrisa, y comenzó a pasar los platos, los cubiertos, dos tazas y un termo de café de la bandeja a la mesa.

–De acuerdo, pero no apuestes en ello la cena –hizo el chiste con deliberada inexpresividad esperando que él se riera.

Dejando a un lado la bandeja, Mitch se sentó frente a ella antes de responder con tono serio:

–Tendrás que probar otra cosa... porque nunca apuesto en juegos de azar.

Sorprendida por su afirmación, Maggie respondió con lo primero que se le vino a la cabeza.

–¿Diriges un casino y no apuestas nunca?

–Así es –sonrió con picardía–. La vida en sí misma ya es un juego de azar suficientemente excitante para mí.

–Increíble –murmuró ella, levantando la cubierta del plato que había colocado frente a ella. Inhaló el exquisito aroma que desprendían el lenguado a la plancha con salsa de limón y mantequilla, las patatas asadas y las judías verdes con almendras picadas–. Gracias por esto –dijo agradecida–. Tiene un aspecto delicioso y huele maravillosamente.

–De nada –respondió Mitch, levantándose para agarrar el termo y rodear la mesa para servirle café–. Y aquí está lo mejor –bromeó–. Con cafeína.

–Pura decadencia –dijo ella riendo.

El sentido del humor de él era contagioso. Él era contagioso. Al inclinarse para servir el café en la taza, Maggie pudo apreciar el aroma de su colonia unido a su embriagadora fragancia masculina. Decadencia, sin duda. Él era más tentador que la suculenta comida que habían colocado artísticamente en su plato. En ese mismo instante, Maggie se percató incómoda de que sentía un hambre más poderosa que la mera necesidad física de alimento o bebida.

–Pensé en traer un vino blanco afrutado para tomar con el pescado –dijo Mitch mientras volvía a sentarse en el sillón frente a ella–, pero pensé que preferirías el café.

–Has acertado –dijo Maggie pensando que el verlo, el sentirlo, el tenerlo cerca de ella ya era suficiente para nublar sus sentidos.

–Quiero que tengas la mente despejada.

Maggie casi se atraganta con el trozo de pescado que se había metido en la boca. ¿Querría decir...? No. Seguramente no, se dijo a sí misma. Debía estar refiriéndose al fax que todavía tenía que enviar, no a que deseara una relación íntima.

–Por supuesto –asintió, tras haber logrado tragar el trozo de pescado–. Es comprensible.

Ella se llevó la taza de café a los labios.

Él sonrió... fue una sonrisa lenta, sexy.

Maggie se abrasó la lengua con el café caliente.

Según iba avanzando la cena, Maggie se iba poniendo cada vez más nerviosa. Era como estar en el mismo cielo. Era puro infierno. Y al fin se terminó. Sin haber degustado apenas la comida que había consumido, Maggie no podía creer que había dejado el plato limpio como una patena. A pesar de todo seguía sintiéndose hambrienta, vacía, ansiosa.

Vuelve al trabajo, a la realidad, se dijo Maggie a sí misma. Dejando la servilleta al lado del plato, empujó hacia atrás la silla, se levantó y comenzó a recoger la mesa.

–Déjalo –le ordenó Mitch. Levantándose, rodeó la mesa para quitar el plato de sus temblorosos dedos.

–Pero... –comenzó a decir Maggie, con voz que iba perdiendo intensidad según iba alzando los ojos; al alcanzar su mirada, dejó de respirar y se perdió en el interior de sus ojos de plata.

–Voy a besarte, Maggie.

Era una advertencia justa, tuvo que aceptar Maggie. Él no movió ni bajó la cabeza, dándole a ella tiempo para protestar o retirarse, si eso era lo que ella quería. Pero no lo hizo. En lugar de eso alzó la cabeza para darle a él su respuesta, y un mejor acceso a su boca.

–Sí, por favor.

Se produjo un destello en los ojos de Mitch. ¿Sorpresa?, ¿placer? Maggie no lo supo, ni le importó, ya que él bajó lentamente la cabeza para unir su boca a la de ella.

Destellos de estrellas. Fuegos artificiales. Y sí, el suelo se movió bajo sus pies. Maggie sintió todos aquellos efectos junto a muchas otras sensaciones imposibles de describir.

Quería, necesitaba... más.

También Mitch. La estrechó entre sus brazos poniéndola en contacto íntimo con todo su cuerpo que ya se iba tensando. Devoró sus labios, y buscó con su lengua en lo más profundo la dulzura de su boca.

Asiéndolo con los brazos por el cuello, Maggie oía vagamente un leve gemido de deseo, pero no estaba segura de si provenía de la garganta de él o de la de ella. Ella podía saborear el café que él había bebido, y el exquisito, único sabor de Mitch. Deseando saborearlo más y más se pegó a su boca, a él. No podía respirar, pero no le importaba. En ese momento, habría muerto satisfecha consumida por el fuego devorador de su beso.

Pero, aparentemente, Mitch tenía en mente otro tipo de muerte para los dos. Retirando su cabeza, la miró con ojos llenos de pasión. Relajando el abrazo, se apartó de ella dirigiéndose hacia una puerta que había en la pared a escasos metros de ellos.

Maggie parpadeó confundida. ¿Adónde iba?, se preguntó. Por supuesto que se había fijado antes en aquella puerta, y había asumido que llevaba a un armario, o incluso quizá a un cuarto de baño privado.

–Ven conmigo, Maggie –dijo extendiendo

una mano hacia ella, mientras con la otra agarraba el picaporte–. Por favor.

¿Quería que fuera con él a un armario... o a un cuarto de baño? Pero incluso con aquella pregunta en su mente, Maggie avanzó y depositó su mano en la de él.

La puerta se abrió para dejar paso a una escalera, y fue entonces cuando Maggie recordó que Karla había mencionado que Mitch tenía un apartamento en el tercer piso.

Tenía la sensación de tener mariposas en el estómago, pero dejó que Mitch la condujera escaleras arriba. Al final de las escaleras había un espacioso recibidor. A la izquierda había una sala de estar muy amplia y un pasillo que conducía hasta la parte trasera del edificio. Maggie apenas tuvo tiempo de ver la sala, porque Mitch la condujo de la mano directamente a una puerta que había abierta en mitad del pasillo. Con piernas temblorosas le precedió en la entrada a su dormitorio, estremeciéndose cuando él cerró la puerta a sus espaldas.

«Solos al fin».

El eco de las palabras que él había pronunciado pocas horas antes resonó en la cabeza de Maggie. Solo allí y en aquel instante, estaban realmente solos... juntos... en su dormitorio. La cama de matrimonio le pareció a Maggie enorme.

«¿Qué crees que estás haciendo?», le preguntó una voz interior asustada.

«Oh, no seas tan precavida, adelante», le insistió una voz más valerosa.

Aplacó el deseo de huir con el deseo aún mayor de quedarse. ¿Sería diferente hacer el amor con Mitch?

–Puedes cambiar de opinión, Maggie –dijo con muestras de estar dispuesto a respetar su decisión.

La mirada de Maggie descendió hasta la boca de Mitch. Aquellos labios que habían logrado reducir a arena su coraza de roca. La excitación se apoderó de ella como una llama, expandiéndose como el fuego por todo su cuerpo. Quería aquella boca, aquellos labios junto a los suyos, haciéndola temblar.

–No me mires así –dijo con voz suave, ronca.

–¿Cómo? –dijo ella con un hilo de voz.

–Como si quisieras devorarme.

–Eso quiero –en aquel instante su decisión estaba tomada–. Pero solo si prometes devorarme tú también a mí.

Exhalando el aliento que ella no había percibido que contenía, Mitch gruñó y la atrajo hacia él.

–Esa es una promesa que me encantará cumplir –murmuró bajando la cabeza para que tomara su boca.

El proceso devorador había comenzado.

Devorada por la pasión, Maggie apenas se percató de que Mitch estaba llevándola hacia la cama, ni fue demasiado consciente de cómo sus dedos iban desabrochando su ropa, ni de sus propias manos al librarlo a él de la suya. A los pocos minutos estaban al lado de la cama, el uno frente al otro, desnudos.

–Precioso –dijo él, repasando su cuerpo con mirada apasionada.

–Sí que lo eres –susurró ella, devolviéndole el cumplido mientras examinaba satisfecha su cuerpo alto y musculoso, la increíble longitud de su virilidad.

Él se rio.

–Los hombres no son preciosos –dijo, y levantando sus manos para acoger sus pechos en una suave caricia añadió–. Ellos son preciosos.

–Son demasiado pequeños –suspiró ella, sacudiéndose cuando los dedos de Mitch tocaron sus sensibles pezones–. Apenas llenan un sujetador de talla mediana.

–Llenan las palmas de mis manos –cerró sus manos alrededor de sus pechos, reclamándolos para sí–. Perfecto.

Obedeciendo al impulso más intenso de toda su vida, Maggie deslizó su mano hacia la parte baja de su torso y lo ciñó con los dedos.

Mitch respiró hondo, movió hacia delante las caderas, cerró los ojos y gimió:

–Creo que será mejor que nos tumbemos... antes de que me caiga.

–Sí –asintió Maggie con un hilo de voz sintiéndose también desfallecer.

Mitch se paró el tiempo suficiente para tirar el edredón y la sábana de arriba a los pies de la cama. Después, poniéndola a ella en el centro de la cama, buscó y capturó su boca mientras se recostaba a su lado.

La mente de Maggie estaba a punto de irse de vacaciones cuando de pronto la asaltó un pensamiento. Separando sus labios de los de él, chilló:

–¡Mitch, el fax!

–Al infierno el fax –gruño bordeando sus labios con la punta de su lengua–, yo prefiero el cielo de gozar de ti –negó con la cabeza–. No, contigo quiero hacer el amor.

Extasiada, anticipando el placer, Maggie le agarró la cabeza con las manos, e introdujo sus dedos en su lujurioso pelo negro.

–¿El hacer el amor incluye el devorarse?

Él se rio, con una risa profunda que se convirtió en un rugido:

–Por supuesto.

–Entonces, adelante –ordenó ella, riéndose con él mientras acercaba la boca de él a la suya.

Capítulo Ocho

Mitch se alzó apoyándose en el brazo y miró a Maggie, que estaba acurrucada a su lado, profundamente dormida. Aún confuso mentalmente, estudió su cara y su cuerpo con sorpresa.

Maggie no era virgen, él no había esperado que estuviera intacta a sus veintimuchos años, pero para su completa sorpresa, se había dado cuenta muy pronto de que ella había sido tratada con negligencia, que era casi una inocente ante el juego sensual. Para su delicia, ella había demostrado no solo estar deseosa, sino avida de aprender y lo había seguido tímida pero confiadamente.

Para Mitch, la respuesta incondicional de Maggie a todas sus sugerencias había actuado como el más fuerte afrodisíaco. Al devolver cada roce, cada caricia, se había rendido incondicionalmente a él, que a su vez se había rendido a ella sin condiciones.

Al final, Maggie había gritado su nombre con un tono de sorpresa e incredulidad cuando estaba absolutamente abandonada. Sus gritos de placer y la sospecha de que ella no había experimentado nunca un abandono semejante habían aumentado la satisfacción de él.

A sus treinta y cinco años, Mitch estaba muy lejos de ser un lego en el arte de los placeres sensuales. Y sin embargo, a lo largo de toda su experiencia nunca había tenido un encuentro sexual tan intenso, que le conmoviera cuerpo y mente, como el que había tenido con Maggie.

Su cuerpo todavía latía en reacción a la intensidad del clímax. Su corazón seguía latiendo fuertemente y sus nervios vibraban como las cuerdas de una guitarra, su respiración era irregular y poco profunda.

Maldita sea... aquello le gustaba, le gustaba mucho. Volvió a vivir la escena en su mente en cada uno de sus detalles mientras recorría con la mirada las facciones de Maggie, suavizadas por el sueño. Mitch revivió el sabor de su piel cremosa, el cosquilleo de las pestañas de ella contra sus labios, la dulce humedad de su boca, de su lengua unida a la de él con hambre carnal.

Mitch deslizó la mirada por su pelo, extendido como hebras de fuego vivo sobre la almohada, *su* almohada. Y habían sido sus dedos, enroscándose, rizando, acariciando aquellos mechones los que habían provocado aquel desorden.

Sintió de pronto la garganta seca y miró los hombros satinados de ella y siguió bajando hasta sus pechos. Los pezones, tentadores y deliciosos, seguían duros y erectos por la atención que les había dispensado con la lengua y con sus labios ávidos.

El deseo volvió a despertar en su cuerpo y continuó mirando más abajo. Siguió la limpia curva de su estrecha cintura, la tentadora redondez de sus caderas y la suave curva de su vientre, la línea en la que se unían sus muslos.

Santo Dios.

Mitch cerró los ojos. Unas gotas de sudor perlaron su frente. Estaba temblando, temblando de verdad en respuesta a la pasión que rugía dentro de él. Deseaba, necesitaba con cada fibra de su ser volver a experimentar de nuevo aquel paraíso.

Haciendo resbalar su cuerpo a lo largo de ella, acercó la cabeza para depositar el más íntimo de los besos en el portal de su paraíso.

Maggie se despertó con una sensación fiera y dolorosa en lo más íntimo de su ser. La energía sensual había vuelto a recargar su cuerpo, aún medio dormida, pero gozándose en la nueva sensación, se movió con una respuesta sinuosa, separando los muslos y arqueando las caderas.

Una risa suave, seguida por una caricia rápida y ardiente en la parte más sensible de su femineidad la despertó completamente, consciente y sorprendida.

–Mitch...no –protestó poniéndose rígida.

–Maggie... sí –murmuró él ahondando más.

Ella quería resistirse, se sentía obligada a resistirse, pero las sensaciones que se arremolinaban dentro de ella vencieron su resistencia, convirtiéndola en deseo fiero. Retorciéndose, indefensa entre las garras del placer erótico, le sujetó la cabeza, enterrando los dedos en su cabello, elevó las caderas y se dejó ir bajo el fuego hambriento de la boca de él.

Una tensión que Maggie no había experimentado antes fue envolviéndola más y más fuertemente hasta que, después de jadear, suplicar, y temer volverse loca de placer, la tensión estalló de pronto y un torrente de placer aún mayor fluyó a través de ella.

Maggie se sentía exhausta y tenía la respiración entrecortada. O, por lo menos, creía que estaba exhausta y que era incapaz del movimiento más leve hasta que oyó el ruido inconfundible que hace el aluminio al rasgarse. Mitch se alzó y entró en ella, intensificando sus pulsaciones.

Fue rápido y violento. Y, para la completa sorpresa de Maggie, ella volvió a entrar en éxtasis y después cayó en la envolvente manta del sueño.

–Maggie... ¿Te has muerto?

El tono suave de Mitch la devolvió a la consciencia, la broma la divirtió.

–Sí.

–Muy mal –en su voz había una risa silenciosa–. Me temo que tendré que tomarme yo el café que te he traído.

–¿Café? –Maggie abrió los ojos y lo vio de pie cerca de la cama, con una taza en cada mano. Estaba devastador, vestido solamente con unos vaqueros desgastados que marcaban sus estrechas caderas–. ¿Con cafeína?

–Claro.

Aspirando el aroma que ascendía del caliente brebaje, Maggie gimió al incorporarse y luego dio un pequeño grito al darse cuenta de que estaba completamente desnuda.

–¿Te importa acercarme la blusa? –preguntó tapándose con la sábana hasta el cuello.

–¿Por qué? –preguntó él sonriendo al ver cómo fruncía ella el ceño–. He visto... y saboreado... todo.

–Yo podría decir lo mismo de ti, pero tu estás vestido –murmuró–. Mitch, por favor –suplicó, sintiendo cómo su cara y todo su cuerpo se acaloraban de vergüenza ante la oleada de recuerdos, de su abandono... ¿Cuánto tiempo hacía de ello?

–Vale, señorita pudorosa –refunfuñó, sus ojos brillaban divertidos.

Suspirando de alivio, Maggie sujetó la sábana bajo sus brazos. Se sentó y lo observó mientras posaba las tazas en la mesilla de noche y se dirigía a una silla donde estaba la ropa de ella, cuidadosamente colocada en el respaldo; evidentemente Mitch la había puesto allí.

–De todas maneras, ¿qué hora es? –preguntó poniéndose con rapidez la blusa que él le alargaba.

–Las diez y veinte –contestó él acercándole la taza–. ¿Por qué? ¿Vas a ir a algún sitio?

Maggie tomó la taza con ambas manos y se la llevó a la boca, tomando un sorbo del aromático café.

–Mmm, estupendo –murmuró, dando otro sorbo antes de responder a la pregunta –. No sé si te acuerdas de que les dije a Karla y a Ben que me reuniría con ellos si no se hacía demasiado tarde, pero se ha hecho demasiado tarde.

–¿Te molesta no poder ir con ellos?

Maggie no lo estaba mirando, atenta a su taza de café. Pero el tono tenso de su voz le llamó la atención e hizo que lo mirase a la cara. Su expresión era tan tensa como el tono de voz.

–¿Molestarme? –repitió frunciendo el ceño–. No, no me molesta ¿por qué iba a hacerlo?

Los labios de Mitch se curvaron en lo que se suponía que debía ser una sonrisa. Más bien parecía una mueca.

–Venga, Maggie, ¿qué quieres que piense? Ben ha estado merodeando desde que llegó. Te acompañó a cenar sabe Dios cuántas veces en las dos últimas semanas. Y a pesar de que ha incluido amablemente a Karla en todas las salidas, es evidente para todo el que tenga ojos en la cara que se siente atraído, incluso se podría decir que tremendamente atraído, por ti.

Maggie casi se atragantó con el café. Afortunadamente consiguió tragar antes de estallar en carcajadas.

–¿Qué demonios es lo que te parece tan gracioso? –la rabia llameaba en sus ojos.

–Tú –dijo ella conteniendo la risa–. Y tu visión panorámica pero miope.

–¿Qué quieres decir? –preguntó indignado.

Parecía tan ofendido, tan desconcertado por no haber podido intimidarla que Maggie tuvo que contener otro ataque de risa.

–Quiere decir que evidentemente se te ha escapado la verdad.

–Explícate –gruñó.

–Ben no se siente atraído por mí, Mitch –dijo con un suspiro teatral–. Está loco por Karla.

Él parecía atónito y horrorizado.

–Pero... Santo Dios, Maggie, ella está embarazada.

–¡No! –exclamó ella abriendo los ojos como si estuviera sorprendida–. ¿Cómo ha podido ser? Bueno, ya sé cómo, pero... ¿Cuándo ha sucedido?

–Qué lista –de alguna forma Mitch consiguió que su voz sonase enfadada, divertida y aliviada todo al mismo tiempo–. ¿Y no te importa... que Ben se interese por ella?

–¿Por qué iba a importarme? –sacudió la cabeza–. Quiero decir, aparte de la preocupación natural por si el interés de Ben por ella es auténtico.

–Comprensible, claro, pero... yo creía que te atraía.

Ahora fue Maggie la que se sintió ofendida, verdaderamente insultada. Acababan de tener una relación sexual... que para ella había sido más bien hacer el amor, ¿podía creer seriamente Mitch que ella se iría a la cama con un hombre si sentía atraída por otro?

Para Maggie era completamente evidente que eso era lo que creía Mitch. Maldita fuera su estampa.

–Comprendo –dijo ella con un tono frío que reflejaba su dolor interno. Dejó la taza vacía en la mesilla de noche, se cruzó la blusa con dedos temblorosos, deslizó las piernas tapadas por la sábana hasta el borde del colchón y le dijo sin mirarlo–: Si no te importa volverte, me gustaría ir al cuarto de baño.

–¿Qué pasa?

–Tengo que irme –murmuró, mirando hacia la moqueta observando distraída que era marrón oscuro, color chocolate–. Se me hace tarde.

–No es tan tarde. ¿Qué pasa, Maggie?

–Te lo he dicho –le dijo a la moqueta–. Me tengo que ir. Tengo que lavarme y vestirme.

–Mírame, Maggie –no era una petición sino una orden directa. Del jefe a la... Maggie sacudió la cabeza para apartar la palabra que le había llegado a la mente–. Maldita sea, Maggie –estalló él acercándose más a ella–. ¿Qué te pasa?

Ella vio sus pies en la moqueta antes de sentir cómo ponía las manos en sus hombros para ponerla de pie. Súbitamente furiosa echó hacia atrás la cabeza y lo miró.

–Que estoy furiosa, eso es lo que pasa.

–¿Qué? –Mitch parecía perplejo–. ¿Furiosa por qué?

Con la barbilla muy alta, Maggie le espetó:

–¿Cómo te atreves a insinuar que yo me pueda ir a la cama con un hombre si me siento atraída por otro?

–Yo no... yo...

–Tú sí –exasperada, irritada, Maggie le lanzó una mirada heladora. No se había sentido tan indignada desde junio, cuando descubrió aquella nota. En su mente ya no veía solo a Mitch, sino a Todd y a cualquier otro varón insensible que se hubiera encontrado en su vida.

–Maggie... te juro que no sé de qué me estás hablando –las manos de él le apretaron los hombros, ella se escabulló y se puso de pie lejos de él.

–Hombres –casi escupió la palabra–. Todos sois iguales, tomáis lo que queréis de quien os parece bien sin un solo pensamiento ni preocupación por el dolor o el daño mental que podáis hacer.

–¿Qué daño? –Mitch la miró impotente–. ¿Qué daño mental he hecho yo? –se interrumpió, estrechando los ojos–. ¿Quién te hizo eso... te hirió? –preguntó, exigió más bien, en un tono helado–. ¿Fue Ben?

–¿Ben? ¿Otra vez? Te he dicho que no estoy interesada por Ben.

–Entonces ¿quién? –insistió Mitch–. Y no me vengas con eso de que he insinuado algo repugnante sobre ti. Yo no pretendía semejante cosa. Es más que eso... mucho más, ¿verdad? Me estás atacando por algo que hizo algún hijo de perra, ¿no?

Maggie suspiró, desinflándose con la misma velocidad con la que había estallado. Había tenido una reacción exagerada y lo sabía.

–Sí –admitió, apresurándose a añadir–: Pero sentí que estabas poniendo mi integridad en entredicho.

–No era así –había convicción en su voz–. ¿Te hizo mucho daño?

–Hirió mi orgullo –confesó ella y luego se sonrojó al darse cuenta de que estaba de pie completamente desnuda de la cintura para abajo. Si no se hubiera sentido tan vulnerable la habría divertido. Ella solo tenía cubierto el pecho y él solo estaba vestido de cintura para abajo–. ¿Puedo ir ahora a vestirme?

–No me lo vas a contar, ¿verdad?

–Mitch, me siento como una tonta aquí de pie medio desnuda –replicó a punto de perder la paciencia –. ¿Te importaría decirme dónde está el cuarto de baño?

–Allí –indicó una puerta de la pared de enfrente–. Pero espero algunas respuestas cuando hayas terminado.

«Siga usted soñando, caballero». Maggie no se molestó en verbalizar el pensamiento. Recogió su ropa de la silla y entró rápidamente en el cuarto de baño.

Veinte minutos más tarde, tras haber hecho uso de aquel lujoso cuarto de baño alicatado en blanco y negro, Maggie volvió a entrar en el dormitorio. Su confianza en sí misma se había restablecido, sentía que la ropa era como una armadura.

Mitch por su parte parecía estar bien protegido por la fuerza indomable de su personalidad. Estaba sentado en una silla y seguía vestido solo con los vaqueros, con la cintura sin abrochar. Tenía un aspecto tan sensual que Maggie sintió una bofetada erótica en todos sus sentidos. Respiró hondo. Él sonrió.

–Estás guapísima... pero me gustabas más de la otra forma, con tu precioso pelo despeinado y los labios rojos e hinchados por mis besos, y tus hermosos ojos verdes oscurecidos por la pasión.

Santo Dios. A Maggie se le aflojaron las piernas. Sintió cómo el calor la recorría, rozando sus pezones, y haciendo que se sintiera húmeda en lo más profundo de sí misma. Era una locura, una absoluta demencia. Y sin embargo lo deseaba. Otra vez. Tan pronto. Él alargó una mano.

–Ven conmigo, Maggie –murmuró con una voz que era como un canto de sirena.

Todas las células de su cuerpo la impulsaron a obedecer su petición, volver a vivir el éxtasis de encontrarse en sus brazos, de su posesión.

Dio un paso hacia él antes de que el sentido común acudiera a rescatarla, avisándola de que si se volvía a rendir a él estaría perdida, indefensa ante sus besos. Sacudió la cabeza en negación, de él y de ella misma. Hasta que estuviera segura de que podía confiar en él...

–Maggie, confía en mí –dijo él con voz suave, como si pudiera leer el torbellino de sus pensamientos. Ella volvió a sacudir la cabeza.

–Te dije antes que no confío en ningún hombre. Y ahora desde que hemos... –miró la cama deshecha y luego apartó rápidamente la mirada–. Ya no confío en mí.

–Te hizo una auténtica faena, ¿no? –su voz estaba ronca por la indignación, se puso de pie con las manos sobre sus estrechas caderas.

–Sí –admitió ella, mirándolo con desafío–. Pero, ¿sabes? Yo lo consentí haciéndome antes una faena a mí misma.

–¿Cómo?

–Convenciéndome de que estaba enamorada de él.

–¿No estabas enamorada de él... quienquiera que fuera?

Ella se puso derecha y alzó la barbilla.

–No, no estaba enamorada de él –confesó–. Estaba desesperada. Estaba harta de la manía de ascender, mi reloj biológico seguía corriendo. Deseaba un niño, una familia, un hombre en quien pudiera confiar para que me proporcionara esas cosas –se encogió de hombros–. Fue fácil convencerme a mí misma de que estaba enamorada.

–Querías casarte –dijo él.

–Sí, quería casarme –contestó ella con una sonrisa sarcástica–. Y creía que iba a lograr lo que quería –añadió, sintiendo la necesidad de liberarse de la humillante experiencia–. Todo estaba arreglado. Entonces, dos semanas antes del gran acontecimiento, él se fugó con la hija y heredera de su jefe. Me dejó una nota y un tremendo embrollo para solucionar.

–Menudo bastardo –gruñó Mitch.

–Eso es exactamente lo que dije yo –sonrió–. Me puse como loca. Rasgué en trocitos mi maldito vestido de boda, dejé mi trabajo, alquilé mi apartamento, cargué el coche y empecé a conducir. Finalmente acabé aquí, en Deadwood.

–Estoy muy contento de que fuera así.

–Estoy convencida de ello –dijo ella secamente, lanzando una mirada intencionada a la cama–. Y ahora me voy –dando media vuelta se dirigió hacia la puerta.

–Espera un minuto –dijo él sujetándola por el brazo para detenerla y haciéndola girar para que lo mirase–. ¿Dónde vas?

–A casa, a mi cama –casi sonrió.

–Yo preferiría que durmieras aquí, en mi cama –su suave voz la tentó. Maggie respiró hondo.

–Yo no creo. Perdí la cabeza aquí durante un rato, pero ya he vuelto a encontrarla. Esto –señaló la cama–. No volverá a suceder.

–¿Ni siquiera si descubres que puedes confiar en mí? –preguntó, tomándole la cara con la mano.

Maggie empezó a respirar entrecortadamente. Él iba a besarla. Sabía que iba a besarla. Supo también que debía detenerlo, apartarse de él... huir de él. Ni lo detuvo ni huyó, abrió los labios para él.

La boca de Mitch fue suave con la suya, dulce, sin exigir, desmoralizadora.

–¿Maggie? –él la miró a los ojos–. ¿Si descubres que puedes confiar en mí?

Ella tragó saliva y trató de componer un poco su deteriorado sentido común.

–Puede ser. Ya veremos.

–Algo es algo –la soltó y dio un paso atrás–. Te acompaño a casa.

–No. No es necesario.

–No discutas, Maggie. Solo dame unos minutos para que me vista.

Maggie no discutió, pero en cuanto él hubo entrado en el cuarto de baño, le gritó:

–No olvides el fax para tu hermano.

Y luego echó a correr.

Qué mujer más exasperante. Se abrochó el botón de la cintura de los vaqueros maldiciendo entre dientes, abrió la puerta del cuarto de baño y fue al armario, decidido a ponerse una camisa y unos zapatos y salir corriendo tras de Maggie.

Se estaba poniendo unas botas cuando oyó arrancar un coche en el aparcamiento de los empleados.

–Maldita sea –murmuró, tirando las botas.

Ya no tenía sentido ir tras ella. Dejó las botas donde habían caído y se volvió a la mesilla de noche a retirar las tazas y se detuvo ante la vista de la cama deshecha. Sintió un estremecimiento seguido inmediatamente de un virulento ataque de calor, ante el vívido recuerdo de la actividad que había causado el desorden de la cama.

Ella era magnífica, esa mujer que había supuesto un reto para él desde el momento en que entró en su oficina. ¿Era posible que eso hubiera sucedido hacía solo dos semanas? Más bien parecía que se hubiera pasado meses, o años observando a Maggie, aprendiendo sus modismos, sus peculiaridades, escuchando el sonido de su voz, de su risa... deseándola.

Y ahora que la había saboreado entera, que había escudriñado las profundidades de su sensualidad, que se había regocijado en su entrega, temía instintivamente que ya nunca habría un amanecer en el que él no quisiera estar con ella, dentro y fuera de la cama.

Era un planteamiento que lo hizo meditar. Un pensamiento que cambiaba su mente y su vida, muy especialmente porque Maggie, la mujer que no confiaba en ningún hombre, podría decidir de improviso cortar y salir corriendo.

Maggie tenía miedo. Tenía miedo no solo de confiar en los hombres, sino también de sí misma. Había cometido un error de apreciación que le había supuesto una enorme decepción.

Y sin embargo, desde su punto de vista, y él había hecho casi una ciencia de la observación de ella, Maggie había demostrado no sólo un rápido ingenio y una aguda inteligencia, sino también una personalidad cálida y bondadosa. Había mostrado auténtico afecto, con una marcada tendencia a la protección, hacia Karla... cosa que él aprobaba con entusiasmo. Además, todas las personas con las que había entrado en contacto en el casino parecían apreciarla y respetarla.

Todo ello era para Mitch una clara indicación de que la personalidad fría, retadora y casi militante que presentaba era solo una fachada protectora.

Y que tras la fachada había una mujer de muchas facetas, una mujer segura y que se sentía a gusto en muchos aspectos de la vida.

Maggie quería un hijo, una vida familiar...

El asunto exigía un planteamiento serio.

Tomando las tazas, Mitch salió del dormitorio y se dirigió a la cocina. Si se iba a embarcar en una investigación mental y emocional y quería llegar a alguna solución viable iba a necesitar cafeína, mucha cafeína.

A las tres de la madrugada estaba cansado pero completamente despierto. Tenía el pelo alborotado de tanto pasarle por él los dedos y estaba bastante agitado debido a las dos cafeteras completas que se había bebido. Pero su estado mental y emocional era de decisión cuando bajó a la oficina para enviar por fin el fax a su hermano.

Por más imposible e improbable que le pareciera, y después de mucho escarbar en su alma, Mitch había afrontado el hecho sorprendente de que estaba enamorado de Maggie Reynolds. Estaba profunda, irremediable y definitivamente enamorado de ella.

¿Quién hubiera podido pensarlo? Evidentemente, no Mitch. Hacía mucho tiempo que había decidido que el amor, el amor romántico era para... bueno, para los románticos, grupo al que él no pertenecía.

Pero allí estaba, el amor romántico, con toda su dolorosa gloria, riéndose de él a carcajadas. Vale, que se ría, mejor aún, con un poco de suerte él también se reiría.

Pero ahora, reconoció Mitch, su tarea era ardua. No solo tenía que demostrar a Maggie que podía confiar en él, sino que tenía que conseguir que lo amase. Era bastante como para hacer llorar a un hombre de voluntad de hierro.

Naturalmente, Mitch no iba a llorar por sus problemas, ni mucho menos. Nunca lo había hecho. Iba a hacer todo lo que fuera necesario para remediar la situación.

Le pesaban los párpados, pero su cerebro estaba alerta por la cafeína. Mitch se volvió a dirigir al dormitorio, se quitó la ropa y se metió desnudo en la cama deshecha y empezó a desarrollar una estrategia para volver a atraer a Maggie a su cama... para el resto de su vida.

Capítulo Nueve

Estaba lloviendo mucho. Afortunadamente era sábado. Por lo menos no tendría que ir a trabajar y desafiar a su dragón particular en su cueva, por así decirlo, pensó Maggie haciendo un esfuerzo por levantar de la cama su cuerpo cansado y falto de sueño. Le dolía la cabeza, muy probablemente por la paliza que le había dado a su cerebro a lo largo de toda la noche. También estaba dolorida en algunos, no, en muchos lugares muy delicados.

Y todo eso era gracias a su dragón personal. Ya tenía un conocimiento de primera mano de lo delicado y fuerte que podía ser Mitch.

¿Qué hacer? ¿Qué hacer?

Harta de la eterna pregunta, Maggie preparó una cafetera y fue al cuarto de baño para someter a su cuerpo, que protestaba, con una ducha caliente.

Un cuarto de hora más tarde se sentía un poco mejor, hasta donde la dejaban sus músculos doloridos. Vestida con unos vaqueros y una sudadera muy amplia de la Universidad de Pensilvania, Maggie se acurrucó en el asiento de la ventana de la cocina, con una taza de café humeante entre las manos.

Tres sorbos del brebaje la hicieron sentir casi humana. Quizá algo de comida, Maggie hizo una mueca, mejor no. «Vale», se dijo a sí misma, «tómate el café y piénsatelo bien».

Pero ¿qué era lo que tenía que pensar? Ella había sentido una atracción inmediata por Mitch, una atracción que ella había pensado que era de naturaleza puramente física. «Piénsalo otra vez».

Mitch era escrupulosamente honesto, no solo justo, sino generoso con sus empleados y auténticamente interesado en su bienestar. Mirando hacia atrás, Maggie tenía que reírse de sus sospechas iniciales de que Mitch fuera el padre del niño de Karla. La verdad era que se portaba más bien como si fuera el padre de Karla, vigilando su estado, asegurándose de que comiera bien y que no trabajara demasiado en la oficina, insistiendo en que se sentara cuando se le hinchaban los tobillos.

Maggie había llegado a apreciar muy pronto el sentido del humor de Mitch, que se revelaba en el brillo burlón de sus ojos, en sus comentarios graciosos de vez en cuando, y en su risa que brotaba clara y libre de cualquier contenido malicioso.

Y Mitch era fantástico en la cama. El pensamiento le produjo un delicioso cosquilleo interior. Santo cielo, nunca creyó que pudiera sentir las sensaciones que había experimentado en su cama. Por supuesto era triste su inexperiencia, porque Todd había sido su único amante... y él apenas había conseguido excitarla, por no hablar de hacerla arder. Para Maggie, el sexo con Todd había sido un intercambio práctico, sin inspiración, y que terminaba rápidamente.

Con Mitch... Maggie suspiró. Con Mitch el acto físico había sido una iluminación, una fiesta de delicias sensuales, un viaje compartido a mundos exóticos.

Todas las células de su cuerpo gritaban para volver a compartir aquel viaje con Mitch. Compartir la cercanía, la risa, la pasión, el sentimiento de estar gozosamente viva.

Cuando iba por la tercera taza de café, Maggie admitió que podría enamorarse de Mitch muy fácilmente... si es que no lo había hecho ya. Si tuviera valor.

Pero Mitch tenía un problema con la confianza.

Maggie hizo una mueca. Ella también tenía un problema con eso. Su problema era que tenía buenas razones para dudar de la sinceridad de las promesas de cualquier hombre.

¿Qué hacer? ¿Qué hacer?

Maggie estaba otra vez en el punto de partida.

Abrazando sus rodillas miró la lluvia a través

de la ventana, dándose cuenta de que el otoño había llegado a Dakota del Sur. Las hojas de los árboles de la parte de atrás de la casa, llenas de color hacía solo unos pocos días, se estaban secando. Muchas de ellas habían caído ya al suelo. El aire era frío. Quizá fuera el momento de emprender el camino de vuelta, de volver a Filadelfia antes de que llegase el invierno.

Volvió a suspirar. Lo malo de su situación era que a ella le gustaba de verdad estar allí. Le gustaba la ciudad, y el paisaje que la rodeaba. Le gustaba su trabajo. Le gustaba su apartamento, y también Karla y los otros empleados que había llegado a conocer en las últimas dos semanas. Y, a pesar de sus recelos iniciales, le gustaba Mitch, el hombre.

Él la deseaba. Y ella lo deseaba a él.

Una parte de ella quería darle tiempo, explorar la posibilidad de una relación satisfactoria con Mitch. Otra parte de sí misma, la más precavida, la urgía para que hiciera el equipaje y se marchara antes de que volvieran a herirla.

Pero no se podía ir, por lo menos no todavía, le dijo Maggie a su lado precavido. Tenía que quedarse, quería quedarse hasta después de que hubiera nacido el niño de Karla. Así que se quedaría... por el momento.

Pero tenía que jugar con frialdad, se dijo a sí misma. Resistir a Mitch no sería fácil, pero tendría que mantenerlo a distancia. Y quizá, con un poco de suerte, podría descubrir que podía confiar en él.

La esperanza era lo último que se perdía.

Maggie llevó su esperanza y su cuerpo cansado a la cama.

El teléfono la despertó a media tarde. Seguía lloviendo y casi se había hecho de noche.

–¿Dónde te has estado escondiendo todo el día? –la alegre voz de Karla la despertó complctamente.

–Aquí. Estaba echando una siesta.

–¿Te entretuvo Mitch hasta muy tarde?

Una pregunta con segundas. La contestó directamente.

–No demasiado –dijo neutral–. Me fui a eso de las diez y media –lo que era cierto–. Pero no dormí bien, así que me volví a la cama –también cierto–. ¿Lo pasasteis bien anoche Ben y tú?

Hubo una pausa, luego Karla dijo:

–Sí, cenamos muy bien y luego estuvimos simplemente hablando.

–¿Puedo preguntar de qué?

–Claro –su voz era ligera, feliz–. Te lo cuento todo mientras cenamos.

Maggie sonrió y se apartó un mechón de pelo de los ojos.

–¿Es que vamos a cenar juntas?

–Sí. Pollo y ensalada y ya está casi hecho –rio Karla–. Tienes veinte minutos para levantarte, vestirte y venir aquí.

Maggie lanzó un gemido.

–Mandona.

–¿Te he mencionado que el pollo es un plato de pasta... con champiñones y otras cosas ricas? –dijo Karla riendo.

–Vete preparando el café, estaré allí en quince minutos.

–Estaba buenísimo –Maggie felicitó a la cocinera, suspirando satisfecha al dejar a un lado la servilleta–. ¿De dónde sacaste la receta?

–Me encanta que saliera bien y que te haya gustado –dijo Karla, sonriendo complacida ante el cumplido–. La saqué de uno de esos programas de cocina de la tele.

–Estaba excelente. Por cierto, ¿tu cena de anoche era igual de buena?

–Sí. Pero después fue mejor.

–¿Después?

–Nosotros... Ben y yo volvimos aquí después de la cena para charlar –dijo con timidez.

La alarma se encendió en el interior de Maggie, preocupada por su inocente amiga. Ben era un hombre maduro, después de todo, un macho sano y viril.

–Y... ¿de qué hablasteis?

–Nosotros... Ben y yo –a Karla le salieron dos rosetones rojos en las mejillas–. Él dijo... que está enamorado de mí.

–Karla... –todas las alarmas sonaban al mismo tiempo y Maggie no sabía cómo proceder, excepto directamente–. ¿Él no... tú no...?

–¿Me fui a la cama con él? –terminó Karla la frase por ella–. No, no lo hice. Yo quería –añadió con rapidez–. Sé que estoy enamorada de él, Ben es tan maravilloso. Y yo de verdad quería hacer el amor con él antes de que tuviera que irse, pero...

–¿Pero qué? –repitió Maggie temiéndose que lo hubieran intentado pero que Karla se hubiera encontrado incómoda.

–Él no quiso.

La sencilla frase hizo tambalearse el concepto que Maggie tenía del género masculino.

–¿Él no quiso?

–No. Dijo que le daba miedo hacernos daño a mí o al niño.

–Pues muy bien por él –suspiró interiormente de alivio–. ¿Sigue pensando en volver y estar contigo en el parto?

–Sí –enrojeció aún más–. Y me prometió que me compensaría por lo de anoche... cuando ya estemos casados.

–¿Te lo pidió?

–En realidad no –se rio–. Solo dijo que vamos a casarnos y que lo haremos tan pronto como sea posible. Pero que antes tenía que volver al rancho y hablar con su jefe –¿Qué pasaba con el teléfono? Se preguntó Maggie con desconfianza cínica, pero como no quería disgustar a Karla mantuvo la boca cerrada–. ¡Soy tan feliz, Maggie! No podía esperar ni un minuto más para contártelo, por eso te llamé. Y, te vas a sorprender al oírlo, estaba tan contenta que también llamé a mis padres. Se lo conté todo. Van a venir a Deadwood la semana antes de que salga de cuentas para estar conmigo cuando nazca el niño.

–Oh, Karla, estoy muy contenta de que los llamaras. Y me siento muy feliz por ti –dijo Maggie, levantándose a dar un abrazo a su amiga, contenta de haberse guardado sus desconfianzas.

–Cena conmigo.

Era miércoles y la tercera vez en la misma semana que Mitch le hacía la misma propuesta. Había transcurrido semana y media desde aquella noche memorable en la que habían estado juntos. Y aunque había mantenido una actitud amable y amistosa, Maggie había mantenido también una distancia deliberada entre ellos.

–Mitch, yo...

–Espera –la interrumpió Mitch, seguro de que iba a volver a rechazarlo–. Solo cenar, Maggie, sin ataduras, si presiones para nada más. Te lo prometo.

–No sé –titubeó, tenía los ojos clavados en los de él, su mirada revelaba un conflicto interior.

Animado, Mitch insistió.

–Maggie, es solo una cena. Te invito a comer conmigo, no a una orgía –dijo él, a pesar de que el recuerdo de aquellas horas increíbles que habían pasado juntos hiciera que la posibilidad de una orgía le pareciera excelente. Especialmente teniendo en cuenta lo difícil que le estaba resultando no tocarla.

Maggie no frunció el ceño, ni se puso tensa o fría por el rechazo. Se rio. Eso lo animó aún más.

–¿Y si lo pido por favor?

–Bueno.. –sonrió–. Si te portas bien.

Con una expresión apenada se colocó la mano en el pecho, sobre el corazón.

–Me hieres.

–Lo dudo mucho –alzó una ceja con expresión desconfiada–. ¿Dónde?

Mitch sabía exactamente lo que ella estaba preguntando.

–En mi apartamento no, si era eso lo que te preocupaba.

–Lo era –admitió ella.

–Pero estuvimos tan bien juntos, que... –Mitch se interrumpió, pero era demasiado tarde, las palabras apasionadas ya habían salido y colgaban en el súbito silencio.

Maggie no respondió, ni siquiera reaccionó. Se limitó a sentarse, quieta como una muerta, mirándolo.

Maldito idiota, se dijo Mitch. La había fastidiado, estupendo, le estaría bien empleado si ella le dijera que se tirase por un puente. Él sabía cómo se sentía ella, sabía que no confiaba en él. Tras volver a la cama la noche que habían estado juntos Mitch había rechazado la idea de preparar una estrategia para ganarse la confianza y el amor de Maggie. Había decidido ser simplemente él mismo. Porque si ella no podía confiar en él y amarlo como era todo el asunto carecía de sentido. Quizá hubiera sido mejor elaborar una estrategia, pero ya era demasiado tarde, la suerte estaba echada.

–Lo siento, Maggie. No el que estuviéramos bien juntos, eso no lo siento porque estuvimos mejor que bien, fue fantástico. Pero siento haber sacado el tema porque sé que no quieres hablar de ello.

–Tienes razón, no quiero hablar de ello –se encogió levemente de hombros–. Pero también tienes razón en lo de que estuvimos bien juntos, fue así.

–Pero entonces... ¿por qué?

Ella alzó una mano y ese sencillo gesto lo silenció.

–Yo no sé de dónde vienes, ni lo que quieres de mí –una sonrisa sarcástica curvó sus labios–. Aparte del sexo.

–Fue más que sexo, Maggie –Mitch se detuvo, luego admitió con sinceridad total–: Vale, para empezar lo que había era una atracción sexual... yo la sentía y tú también ¿verdad?

–Sí –le sostuvo la mirada con valentía–. Y me ponía nerviosa.

–Lo sé –sonrió él.

–Me sigue pasando.

–Lo sé. Por eso has mantenido la distancia conmigo, a pesar de que la atracción sigue ahí, igual de fuerte –Ella asintió con la cabeza pero no le devolvió la sonrisa–. Y ¿no crees que deberíamos explorar esta atracción? Podríamos pasar algún tiempo juntos para conocernos mejor. No en la cama –la tranquilizó con rapidez–. A pesar de que admito que también quiero eso.

–¿Me estás ofreciendo una relación platónica? –la voz y la expresión de Maggie eran de escepticismo.

–Durante un tiempo... a ser posible corto... hasta que veamos si hay algo más entre nosotros –Maggie lo observó pensativa, callada. Mucho rato–. Bueno, ¿qué dices? –preguntó él con impaciencia–. Te prometí que me iba a portar bien.

Ella suspiró, sonrió y dijo:

–Vale.

Mitch no hubiera podido contener el aliento ni un segundo más.

***

–Me encantó esa película –dijo Maggie riéndose–. Es tan poco convencional.

–Desde luego –Mitch rio con ella–. Hay pocas cosas menos convencionales que el monstruo de Frankenstein bailando y cantando *Encendiendo el Ritz.*

–Yo creo que la he visto una docena de veces.

–Yo también –dijo Mitch sonriendo.

Su sonrisa le dio un escalofrío a Maggie por la columna. Apretó sus dedos temblorosos contra la taza de café y se la llevó a los labios. Habían terminado de cenar, ella había disfrutado mucho con la comida, y aún más con la compañía de Mitch, a pesar de que le daban escalofríos de vez en cuando.

Desde el momento en que Mitch la había recogido en casa, no quiso ni oír hablar de que se encontraran en algún sitio y que luego volviera sola a casa, su conducta había sido irreprochable. Le había abierto la puerta del coche, le había acercado la silla en el restaurante, adelantándose al camarero, y había roto el tenso silencio inicial contándole anécdotas divertidas.

Al principio estaba un poco nerviosa, se había sentido casi abrumada por el atractivo masculino que emanaba de él. Suspiraba por él, y su anhelo la asustaba y la enfurecía, haciéndola incapaz de contestar con algo más que monosílabos a sus intentos de entablar conversación.

Pero el hielo se rompió la primera vez que él

la hizo reír. A partir de entonces, la charla fluyó con facilidad. La velada se hizo menos tensa y se convirtió en una sorpresa. Maggie nunca hubiera podido soñar que dos personas de dos partes completamente distintas del país y con dos estilos de vida absolutamente diferentes pudieran tener tanto en común. Y sin embargo así era.

Ella ya sabía, por supuesto, que a ambos les gustaba el café con cafeína, pero a lo largo de la comida descubrió que compartían la pasión por los atardeceres, más que por los amaneceres, por las historias de misterio, las hamburguesas con queso y la pasta. Su gusto mutuo por la comedia excéntrica había sido el último descubrimiento.

–Quiero niños.

La frase de Mitch sorprendió a Maggie y la sacó de su meditación sobre los gustos en común.

–¿Qué?

–He dicho que quiero niños –se encogió de hombros–. Simplemente pensé que debía dejar claro esto desde el principio.

–Muy bien –dijo ella precavida–. Y eso viene a cuento ¿de...?

–Me dijiste... aquella noche... que te habías convencido a ti misma de que estabas enamorada porque querías salirte del engranaje de los ascensos y tener una vida de hogar, una familia.

Quería que supieras que yo deseo las mismas cosas.

También Todd, o eso había dicho, por lo menos, pensó Maggie, cambiando rápidamente de estado de ánimo. Pero todo lo que había significado para Todd era una compañera de cama conveniente hasta que encontró algo mejor. El viejo resentimiento se encendió, alimentado por uno nuevo hacia Mitch por haber estropeado la agradable velada.

–Yo... creo que me gustaría volver a casa –dijo con voz tensa, estaba temblando.

–Maggie, yo no soy él –la voz de Mitch estaba ronca por la frustración.

–Ya lo sé –dejó la taza en el plato con cuidado y cruzó las manos sobre el regazo.

–Entonces, dame algo de confianza –se pasó los dedos por el pelo–. Maldita sea, Maggie, me vuelves loco. Yo te deseo y lo sabes. Pero yo quiero más que un par de noches en la cama contigo, o un par de meses. Lo quiero todo. Sé que prometí no presionarte, pero... –se interrumpió, maldiciendo entre dientes–. La estoy fastidiando, lo sé. Pero, ¿sabes? Nunca antes había estado en esta situación, nunca me había enamorado.

Amor. Maggie pestañeó. ¿Amor? Imposible. ¿No? Apenas se conocían el uno al otro, y sin embargo ella había sentido lo mismo. Había sentido que podría enamorarse de él con facilidad si es que no lo amaba ya.

Maggie se temía que estaba muy enamorada de él. Y eso la asustaba a muerte. Él la asustaba. ¿Qué pasaría si ella se comprometía con él y luego... No. Sacudió la cabeza. No podría soportar que Mitch la dejara.

–Quiero irme a casa –repitió con un susurro de agonía, negándose a su deseo de encontrar un hogar en los brazos de él.

–Maggie, confía en mí, por favor –la suplicó con la voz tomada–. No te haré daño.

–Necesito tiempo.

–¿Cuánto tiempo?

–Yo... no lo sé.

–Muy bien. Tómate todo el tiempo que necesites. Yo esperaré –suspiró–. No me queda más remedio.

El ambiente estaba bastante tenso en la oficina al día siguiente, aunque Mitch hizo un esfuerzo galante para mantener una apariencia de día laborable normal.

Aunque trató de emular su actitud profesional dentro de la oficina, Maggie se sentía fatal. Su corazón estaba dividido entre el deseo de darse una oportunidad, agarrarse a Mitch y aceptar cualquier cosa que él la ofreciera y el miedo helador de volver a perderlo todo.

Dieron vueltas el uno alrededor del otro como dos metales magnetizados, luchando contra la atracción que los arrastraba a estar juntos.

Perdida en su propio mundo rosa, planeando un futuro con Ben y el niño que esperaba, Karla no se daba cuenta del drama por el que atravesaban Mitch y Maggie.

El viernes Maggie suspiró con alivio, la tensión se fue aflojando según se acercaba la hora del almuerzo. Era el último día de trabajo de Karla. Con la aprobación de Mitch, Maggie había planeado una fiesta sorpresa para ella durante la pausa del almuerzo. Él incluso había forzado un poco las normas, no solo ampliando la hora del almuerzo para las otras compañeras del segundo piso, sino también cambiando los turnos de las amigas de Karla de la planta del casino y del restaurante, para que pudieran unirse a la fiesta. También había hecho unos arreglos para que el personal de la cocina organizara el asunto y aportara una tarta decorada.

Siguiendo el plan, Mitch llamó a Karla a su despacho diez minutos antes de mediodía. En el momento en que la puerta se cerró tras ella, Maggie entró en acción. Llevó a las otras mujeres que andaban de puntillas y a los camareros al despacho de al lado, en el que se pusieron a trabajar, colgando guirnaldas, colocando una sombrilla azul y blanca y la comida y las bebidas.

Cuando, quince minutos más tarde, estuvo todo en su sitio, Maggie avisó a Mitch con un leve toque en el intercomunicador. Karla salió del despacho a los gritos de «¡Sorpresa!». Atónita, se rio y luego estalló en lágrimas. Sacudiendo la cabeza ante las extrañas emociones de las mujeres embarazadas, Mitch se batió en retirada tras echar una ojeada a la habitación.

Fue muy divertido. Hubo muchas risas y bromas, mezcladas con alguna lágrima perdida. Cuando llegó el momento de abrir el montón de regalos que había ante ella, Karla buscó unas tijeras en la mesa. Como no encontró ninguna, lanzó una mirada a Maggie.

–Creo que hay unas tijeras en el despacho de Mitch. Busca en el cajón central de su escritorio.

Maggie fue allí y encontró unas tijeras pequeñas, pero no fue eso solo lo que encontró. En una esquina había un anillo. No era cualquier anillo, sino lo que a ella le pareció un anillo de compromiso evidentemente caro y muy elaborado.

Frunciendo el ceño tomó las tijeras, cerró el cajón, y volvió a la fiesta. Pero una preocupación molesta había empañado su ánimo.

Aunque la fiesta duró menos de dos horas, a Maggie le pareció mucho más larga. Terminó cuando Mitch volvió a entrar en la oficina. Siguiendo el ejemplo, las empleadas volvieron al trabajo y las mujeres del restaurante se llevaron los carros de la comida y la bebida. Maggie empezó a recoger el papel de envolver y a amontonar los regalos.

–Vosotras dos podéis marcharos –dijo Mitch sonriendo a Karla que estaba sonrojada–. Le he pedido a Frank que venga a ayudarte a llevar todo esto al coche.

–Oh, pero... –protestó Karla.

Preocupada por las posibles connotaciones del anillo que había visto en la mesa, Maggie guardó silencio.

–No hay pero que valga –decretó él–. Estarás cansada con tanto ajetreo, ve a casa a descansar.

Terminó la conversación entrando en su despacho y cerrando la puerta.

Frank llegó con otro guarda de seguridad y entre los cuatro llevaron todos los regalos al coche de Maggie en un solo viaje.

Hasta que no estuvieron en el apartamento de Karla, con los regalos amontonados en el sofá y Karla sentada en una silla, Maggie no abordó el tema del anillo.

–Ah, eso.

–Parecía un anillo de compromiso. Un anillo muy caro.

–Lo es... o lo era –dijo Karla–. Mitch estuvo comprometido con la hija de una familia muy importante de aquí. Se había fijado la fecha de la boda, pero… –se encogió de hombros.

Maggie sintió un escalofrío. ¿Otro hombre que se comprometía y luego incumplía su palabra? Tenía que saberlo.

–¿Qué pasó?

–Fue un malentendido por parte de la señorita Crane –suspiró Karla.

¿La señorita Crane? El nombre le sonaba mucho a Maggie. Ella había tomado una llamada de una tal Natalie Crane que quería hablar con Mitch. Y Maggie recordaba su orden de librarse de aquella mujer. El escalofrío se intensificó.

–Yo me sentí fatal con aquello –siguió Karla.

–¿Qué tenías tú que ver? –frunció el ceño.

–Fue inmediatamente después de que yo descubriera que estaba embarazada –explicó–. Yo estaba trastornada, tenía miedo de decírselo a mis padres. No sabía a quién dirigirme. Así que le lloré todas mis penas a Mitch... Intentando consolarme, me abrazó y me dejó llorar en su hombro. No oímos a Miss Crane entrar en el despacho. Me vio en sus brazos, me oyó mencionar al niño y naturalmente supuso lo peor. Le tiró el anillo y salió corriendo.

–Pero... seguro que él fue tras ella... que le explicó la situación.

–No –Karla sacudió la cabeza–. Yo me ofrecí a ir a verla y explicarle las circunstancias, pero él no me dejó. Dijo que aquello había terminado y que no había más que hablar.

–Ya entiendo –murmuró Maggie, temiéndose mucho que era un hombre que se deshacía de las mujeres con la misma facilidad que si fueran una camisa arrugada. La sola idea le causaba un agudo dolor.

Tras convencer a Karla de que se tumbara y descansara un poco, Maggie subió las escaleras hasta su apartamento, donde se sentó ante la ventana para pensar intensamente.

Ella lo amaba, tenía que reconocerlo. Y esta vez el sentimiento era de verdad, no podría dolerle tanto si no lo fuera. Pero el miedo y la agitación nublaban su mente. El impulso de marcharse era fuerte. Al mismo tiempo, un impulso igualmente fuerte la obligaba a quedarse, a abordar a Mitch con el tema de su compromiso anterior y oír lo que él tuviera que decir en su defensa.

Pero le daba tanto miedo volver a confiar. Si volvieran a traicionar su confianza ella sabía que se rompería algo en su interior.

Sus pensamientos se vieron interrumpidos por la llamada de Mitch a media tarde.

–Hola, ¿está bien nuestra joven madre después de todas las lágrimas y la fiesta?

–Sí –contestó Maggie, a quien el estómago se le había metido en un puño al oír la voz de él–. Creo que está echando una siesta.

–Muy bien ¿Qué tal si tú y yo cenamos juntos?

–Mitch... yo... –Maggie se detuvo a tragar saliva, para aliviar la tensión emocional de su garganta.

–¿Qué pasa, Maggie? –su tono tenía un toque de ansiedad–. ¿Qué te ha pasado?

En aquel momento, Maggie tomó una decisión. Estaba cansada de correr. Tenía que saber, aunque el conocimiento la machacara emocionalmente.

–Tenemos que... hablar.

–Ahora voy.

–No –Maggie sacudió con fuerza la cabeza aunque sabía que él no podía verla–. No quiero que Karla se empiece a preguntar qué haces aquí. Iré yo ¿sigues en la oficina?

–Sí, pero...

–Estaré allí en unos minutos.

En unos minutos. Sus palabras volvían una y otra vez a la cabeza de Maggie. En unos pocos minutos todo su mundo podía cambiar.

Mitch estaba de pie junto a la ventana, esperándola. Tenía una expresión sombría y el cuerpo rígido por la tensión.

–¿A qué viene todo esto, Maggie?

Maggie fue directamente al escritorio y abrió el cajón de arriba.

–Esta tarde, por casualidad, he visto esto –alzó el anillo con dos dedos.

–Esto es, o era, un anillo de compromiso –dijo él acercándose a ella para quitarle el anillo–. Bastante ostentoso y chillón, ¿verdad?

Dado que esa había sido su opinión, Maggie tuvo que estar de acuerdo.

–Sí.

–Y ¿qué pasa con él? –con un movimiento descuidado de los dedos, lo arrojó al cajón y luego lo cerró.

–Le pregunté a Karla acerca de él.

–Naturalmente –sonrió con una mueca sarcástica–. Y naturalmente llegaste a un montón de conclusiones apresuradas sobre mí. Y ninguna de ellas favorable, ¿verdad?

Ante su tono frío, Maggie recordó de pronto las palabras de Karla, cuando le hablaba de las opiniones de Mitch sobre la confianza. Y sabía, aunque él no lo hubiera dicho, que la estaba retando a ponerla a prueba, a probarlo a él... y al mismo tiempo, él la probaría a ella.

–Me temo que sí –confesó mirándolo de frente–. Ya he sido abandonada antes, Mitch.

–No por mí –señaló él con un tono duro.

–Todavía –contraatacó.

–¿Qué demonios esperas que haga yo? Estoy seguro de que Karla te contó todos los tristes detalles. ¿Qué más puedo decir?

–Tiraste a un lado a la señorita Crane con la misma facilidad con la que tiraste el anillo al cajón –gritó con tono acusador.

–No confió en mí –respondió enfadado–. ¿Por qué tenía que importarme?

El asunto de la confianza. De todas maneras había algo que no encajaba bien para Maggie.

–Pero yo también te he indicado mis dudas con la confianza, ¿cuál es la diferencia?

–Te quiero –dijo en un tono que no era amoroso–. Nunca la quise a ella. Creo haberte dicho que nunca quise a ninguna otra mujer.

–Ah –murmuró Maggie, sintiéndose confusa y tremendamente halagada al mismo tiempo–. Y como me quieres estás dispuesto a ser paciente con mis dudas, ¿no?

–Demonios, sí –dijo él tomándola en sus brazos–. Maggie, te han hecho daño. Lo comprendo. Y eres cautelosa. Eso también lo comprendo. Pero te quiero y te deseo, en la cama, fuera de la cama. En mi vida. Y por eso tendré paciencia hasta que admitas ante mí y ante ti misma que tú también me quieres. La confianza vendrá después.

Aquel hombre era demasiado bueno para ella, la mema que había estado a punto de comprometerse con un hombre al que no amaba, reconoció Maggie... solo para sí misma. Pero, tanto si se merecía como si no su amor y a él, no iba a ser tan tonta como para dejarlo marchar. Iba a pillarlo y aferrarse a él, para el resto de su vida.

Poniendo en acción sus pensamientos, le rodeó el cuello con los brazos.

–Yo ya te quiero, Mitch –su cuerpo vibró ante el contacto, la sensación de sentirlo presionando contra ella–. Por eso estaba tan asustada.

–Ya lo sabía –murmuró con enorme confianza en sí mismo–. Por eso sentí un poco de pánico cuando me dijiste que teníamos que hablar.

Riéndose en medio de los besos ardientes, Maggie y Mitch subieron lentamente las escaleras hacia el apartamento de él. Hacia su cama.

Dos semanas antes de Navidad, Karla, ahora la esposa de Ben Daniels, dio a luz a un niño saludable y gritón.

Mirando a través del cristal de la maternidad, Mitch pasó un brazo en torno a la cintura de Maggie y la atrajo hacia él para susurrarle al oído.

–Yo quiero uno de esos –murmuró, señalando al bebé–. Cásate conmigo, Maggie.

Con lágrimas en los ojos, Maggie volvió la cabeza hacia él y le sonrió.

–Creí que no me lo ibas a pedir nunca.

La carcajada de Mitch resonó por todos los pasillos del hospital.